緑巡回

大島誠一
OSHIMA SEIICHI

目次

笹影の町……5
緑巡回……45

挿画◎大島誠一

笹影の町

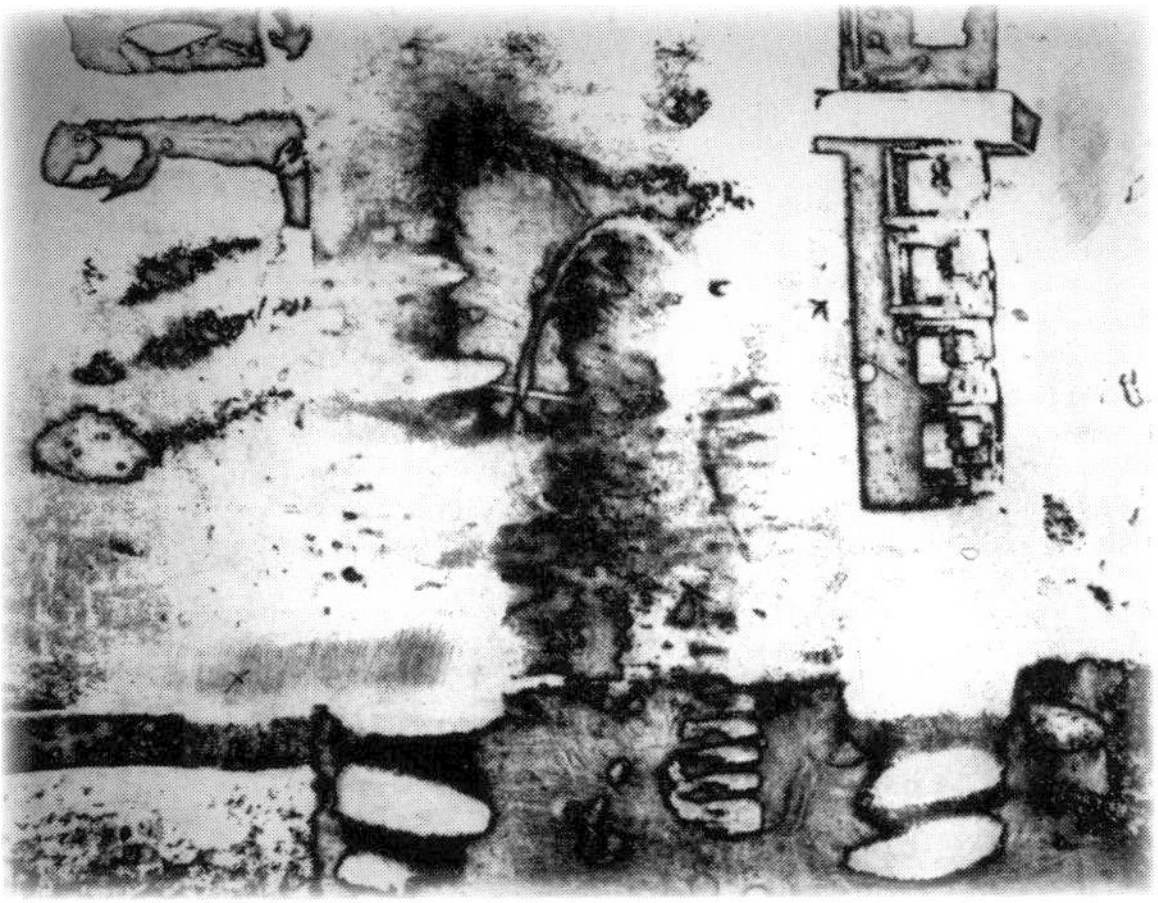

一

待たされている間、僕は退屈とは無縁だった。狭い通路を行き交う人たちは十人十色そのものだ。それとなく目端で様子をうかがっていると、にこやかな笑顔もあれば、もの思わしげな憂い顔もある。ただどの客も急ぎ足で、ややもすれば、こちらまで何かに急き立てられているような、せわしい気分になる。

ちょうど真向かいに陣取る八百屋の主人が、その濁声《だみごえ》をあたりに轟かす。ただ、大半の客はその前を素通りして、立ち止まった聴衆は二人だけだ。二人とも、若い主婦だろうか。八百屋の客筋としては珍しい。そのせいもあってか、おやじの口上にもひときわ力が入っているようだ。

「ね、ね、奥さん、顔色悪いワ。言っちゃあ悪いけどさ、まるで日陰のヒメヒマワリ。欲求不満でないの……忠告するけどさ、あんな代物あてになんかなんないよ。ほら、何とか強精剤、眉唾物に決まっててんだから。

旦那に食わせなよ、この形のいいガーリック。近頃は、ニンニクなんて野暮な言い方はしないよ。はやらないの。ガーリックってんだよね、ガーリック。いの一番に形がいいやね、この代物。見るからにもこもこ盛り上がってさあ、精がつくこと請け合いだ。旦那の疲れなんぞ一日でケロリと消えちまうって代物だ。

お次は栄養。栄養はえいようなんてくだらない駄洒落は言わない。つまり、みょうちきりんな合成何とかって奴は一切入っていないの。純粋な自然食品。長続きすればするほど効果が上がるっていう寸法。夫婦和合のピカイチ妙薬。さあさあ、騙されたと思って食べさせてやんなよ、愛する旦那に」

六月初旬だというのに、主婦の一人は水色のホットパンツをはいている。腰から太腿に下りる眩しい曲線を前に、主人はベロのすべりも滑らかなようだ。

「匂いがあるんじゃない」

一言いうと、女は白い脚を踵《かかと》で絡めた。

「これは異なことをおっしゃる。あの匂いこそ絶品。ご存じないなら教えて進ぜよう。大きな声じゃ言えないが、ガーリック特有のあの匂いこそ、ほら奥さん、強精の源。アリシンって言うの。アリー、信じられないなんて言わないでよ。人によっちゃあ、あの剛毅な匂いさえ嗅いでいれば、元気溌剌という、まるでガーリックの申し子みたいなお方もいるっていうのに。

とにかくとにかく、二の足ばかり踏んでいちゃあ、ますます奥さん欲求不満がつのるばっかりでしょうに。ここは一番、迷いなんぞ振り払って、このお兄さんの言うことを聞いてちょうだい」

おやじは顔をクシャクシャにして、一層おどけた調子で締めくくった。

それでも主婦は依然として首をかしげたままで、手に下げた小ぶりのビニール袋から財布を取り出す気配もない。絡めた脚をゆっくり元に戻し、それから、やめとくわ、と溜息交じりに言って、さっさとおやじの前から立ち去った。それにつられて、もう一人の女も姿を消した。出し汁の匂いに打ち消されてしまいそうな空気の中で、僕の鼻にはかすかな香水の余韻が残った。

チェッ、色ボケ女め。こっちから願い下げだい。とっととスーパーへでも行きやがれ。おやじは口をゆがめて吐き捨てた。

「ねえ、よっちゃん、初めてのお客さん」

ガラスケースの脇から野太い声が呼びかけた。

「冷やかしじゃ、客とは言えねえな」

阿弥陀にかぶった赤い野球帽のつばに手をやって、おやじは応えた。

「おやおや、ご機嫌斜めだね」

そう言いながら、食堂のおばさんが暖簾の陰から姿を見せた。太ったからだの割に小ぶりな手に僕の履歴書を持っている。

「しゃべらせるだけしゃべらせやがってさあ、挙句の果てに知らんぷり。たちのわりい女だぜ。昨日あたり引っ越してでも来たんじゃないのかい。見るからに艶っぽくてよお、どっかの愛人じゃあねえの」

腹立ちまぎれもあるのだろう、あたり一面に轟けとばかりに大声でがなりたてる。女が小奇麗だったせいだと僕は思った。中年男のしおれかけた自尊心が、ものの見事に踏みにじられたのだから。

「あんたも焼きが回ったのかね、よっちゃん。あんなケツの青い小娘にちょいとしてやられたくらいでさ」

八百屋の隣に店を広げる履物屋のおばさんがしゃしゃり出る。

「……」

急に決まり悪そうな照れ笑いをおやじは浮かべた。色黒の骨張った四角い顔に皺が寄り、やり場に困った右手で彼は帽子のつばをつかんだ。かぶり直すかすかな瞬間、その頭頂が僕の目に飛び込んできた。それは驚きというよりむしろ意外性から発した微笑ましさであった。見事に毛のない禿げ頭であった。

「本当にうちで働くつもりなの」

調理場と店を仕切る紺の暖簾をかきあげながらおばさんが訊いた。ふくよかなお多福顔が心細そうに首を傾げる。

「ええ、ぜひとも」

僕は膝を進めた。

「新聞広告の文句、嘘だと思われちゃあ困るわよ。嘘ってわけじゃあないけどさあ、何しろご覧の通りの母ちゃん店舗でしょう。手の欲しい時は何から何までやってもらわなくちゃあいけないわけよ。仕入れ仕込みから、調理、配膳、配達、掃除、何もかもと言ったら何もかも。ひととおり仕事をこなしてもらったうえで、調理のほうの責任者になってもらうつもり。それでもわたし一人で手の回らない時なんかは調理以外のこともやってほしいのよ。条件はそれだけ。そこんとこをしっかり呑み込んでくれたうえで、それでもとおっしゃるなら、うちとしては構やしないわよ。明日からだって来てもらいたいくらい」

八百屋のおやじと履物屋のおばさんが手持ち無沙汰をいいことに僕をねめつけている。僕は何だか六つの目で品定めされているようで、ちょっと面映《おもは》ゆい気分だった。

テーブルの向かい側の丸椅子に、おばさんは腰をおろした。白い割烹着が僕の履歴書をテーブルの上にゆっくり広げた。

「苦になんかなりません。仕事は手順を早くおぼえるのが肝心だと思います。そのための修業なら何だってやりますよ。それに、ねぐらのアパートはあるし飯だって付いているんだから、文句なんか図々しくて」

決まり悪さをこらえながら、僕はあらん限りの従順さを奮い起こした。父親との口論で向きになった自分が赤の他人のようだった。

後先考えず家を飛び出したはいいが、誰といって頼る当てのないこの僕に贅沢など言えるはずもない。寝る場所と三度の飯、これさえ満足させてくれれば、仕事の中身と給料の高など問題ではない。僕は切羽詰まっているのだ。

友人や親戚を訪ねて、生半可な助けを頼む気には全然なれなかった。そうすることは即ち、敗北を意味すると僕は考えた。彼もしくは彼女は、きっと僕と父の仲を取り持とうとするだろう。仲を取り持つといえば聞こえはいいが、言い換えれば、僕が父の前に屈服することに他ならない。来年再度受験に挑むとしても、また、僕の言い分を父が認めて働くことを許してくれたとしても、他人の威を借りた仲直りでは屈服と寸分違わない。父は僕が他人を引き込んだことに密かな満足をおぼえるだろう。何故なら、やはり僕一人では、父にかなわないということのまたとない証なのだから。

「いっぺん、大学に入り損ねたくらいでおめおめ尻尾を巻いてあきらめちゃうなんて、ちょっと不甲斐なくはないのかね」

履歴書から顔を上げて、おばさんは諭すような言い方になる。

「余分なことだと思ったんですけど、無職と書くのが嫌で……」

「ずっと勉強してきたわけよね。目的の大学目指して、しのぎを削ってきたのでしょう。棒に振って後悔なんかしないかしら」

「大人の思うことは、誰も同じなんですね。中途でやめちゃうと、まるで重大な罪でも犯したように責められる」

「大人……だけかしら」

あなたも実はそう思っているでしょう、とおばさんは言いたいようだ。

「わたしにも一人子供がいるのよ。牧田君の親御さんの気持ち、痛いほどわかるわ。この年齢になるとね、四十五歳なんだけど、娘に押しつけることなんて全然ありゃしない。むこうも立派な大人。分別だってあるもんねえ。娘自身の思うに任せるしかないわよねえ。先刻承知しているつもりなんだけど、親娘の業ってのはやっかいなもので、余計に気が揉めちゃったりするものなの」

娘という言葉が口から出た時、おばさんの表情に憂いの影が射した。母親泣かせのじゃじゃ馬娘なのかなと、僕は我が身もかえりみず、おばさんを慰めてあげなくちゃいけないという気持ちになった。

晴れがましい入社式もない。初々しい同僚や女子社員もいない。目を見張るようなきらびやかな道具立ては何一つない。ただ、希望の光は確かに見えている。たとえささやかな光だとしても。おばさんが、来てちょうだい、と言ってくれた途端、僕の胸のつかえが綺麗さっぱり消えてなくなった。

二

幸市場と鮮やかな青紫色で書かれた安手の白看板を僕は背中越しに見上げた。低く垂れこめた灰色の雲の下のそこだけ、青空がのぞいている。今日、五月二十五日曇天。しかし僕の心は一点の雲すらない五月晴れだ。

幸市場という、このあまりに直截で、だからちょっぴり口に出すのが気恥ずかしくなるくらいな名前をもつこの市場こそ、社会へ巣立つ牧田五郎の初めての職場だ。いささか前途に不安を抱かせるおっかなびっくりの出だしではあるけれど、ゼロから始める自立生活は恐れるものなど何もない。前途洋々、脇目も振らず思う存分働くだけだ。自分のためにも、おばさんのためにも。

その日の夜が、僕が駅前のビジネスホテルのベッドで眠る最後の夜となった。家を出て十日目、そろそろ持ち金が底を尽きかけていた。翌日、僕はホテルを引き払い幸市場に向かった。昨日の雲はすっかり消え去り、文字どおりの五月晴れとなった。足取りも軽く僕は一旦幸市場に立ち寄って、おばさんからアパートの地図と鍵をもらった。歩きで十分くらいしかかからない隣町まで、手荷物だけ持って僕は歩いた。

市場の脇を私鉄の線路が走っている。黒ずんだ柵に渡された鉄線は赤茶けた錆を吹き、所々がたわんでいる。見るからに心許ない状態で、こんな柵じゃ運行の安全はとてもおぼつかないな、などと考えていると、僕の横を轟音と地響きを炸裂させて、銀色の車体が通り過ぎて行った。

五分ほど歩くと、目印のプレス工場があった。想像したとおりスレート葺の建物で、規則的な金属音が、プレス工業所であることをうかがわせた。

あけ放った入口の前で立ち止まり、僕は中を覗いた。中年の男女が、油まみれの機械の前に座り、もくもくと仕事に精を出している。成形された部品を慣れた手つきでプレス機のすき間から取り出し、脇に置かれたプラスチック箱に並べてゆく。一つ間違えれば、指や手が飛んで無くなってしまいそうな危険な作業を、いとも簡単にやってのけている。僕は感動すら覚えた。しばらく見ていると、

「おい、何見てんだ」

誰かの声が聞こえた。見ると、若い男が眉間に皺を寄せて横に突っ立っている。

「いや、ちょっと感動しちゃって」

「なにが……」

「あんな危険な作業を平然とこなしているので……」

「俺の親父とお袋だよ」

「自動車部品ですか」

「よくわかるね、と言いたいところだけどさあ、違うよ。コピー機のパーツ」

手垢と油の浸み込んだ紺色の帽子がニコリとした。

「……そう。外山さんの息子さん。僕は牧田五郎っていうんだ。お宅の裏にある若草荘に引っ越してきたんだ。麺食堂幸のおばさんからもらった地図にちゃんと描いてあるんだから、この工場」

「見せなよ、その地図」

機械油のついた手が作業着のポケットから出てきた。僕が躊躇なくズボンのポケットから取りだして渡すと、ほんとだ、とつぶやいて、さっきよりもっとニコリとした。

「さっき、杣《そま》ちゃんが部屋の掃除に来ていたのはそのせいだったんだ」

「杣ちゃんって……」

「中西杣。娘だよ」

「おばさんのじゃじゃ馬娘……」

「女刑事さんの玉子にじゃじゃ馬はないよな。ただ、おばさんの希望は聞かないほうだね、杣ちゃん。平凡な勤め人よか、危険な警察官のほうが向いてるとかいって譲らないってんだから」

僕は唖然とした。おばさんの娘が警察官であること。そして、それ以上におばさんが娘に託した夢のつつましさに。

「まだいるかもしれないよ杣ちゃん。早く行きな。俺、仕事に戻るから。プレス機が俺を呼んでいるってんだよ」

「ありがとうね、いろいろ。また話したいね、外山さん」

「最新の機械だと函並べまで自動でやってくれるんだ。早くそういう機械に替えたいよ。こういう愚痴だって聞いてくれるんだろう」

今度は僕がニコリ、微笑みながら頷いた。

外山プレス工業所の前を五十メートルほど行って右に曲がる。道幅がにわかに狭くなって、アスファルトが湿っぽさを含んでいる。

地図と家並をかわるがわる見て歩くと、右側に目指す若草荘はあった。その名にふさわしく、外側の木の壁板には明緑色のペンキが塗りこめられている。塗り立てほどの艶はないにしても、遠目からでも一際目につく建物だった。

自転車が二台、買い物籠が付いている黒色の新しいものと、何もついていない葡萄色のものが無造作に止めてある。開け放った玄関のすりガラスの表面には、透明な文字で若草荘と浮き出ている。僕は中に入り、目を細めて薄暗がりの奥を見た。コンクリートの三和土に白い洗濯機が三台出ている。内部はシーンと静まり返り、人がいる気配は感じられない。

大家のいないアパートにしては、三和土が綺麗に掃き清められている。左角にある階段の下に、日々廊下を掃除する当番が記されている。住人が自主的に決めたルールだとすれば、ここで暮らすことはちょっと厄介で面倒くさいのかなという思いがわいた。

指定された二〇二号室は、階段を登り切ってすぐのところにあった。路地に面した側にある部屋で、開けっ放しのドアに蜜柑色の陽光が手を伸ばしている。やはり娘が来ているんだ、と思うと、僕はにわかに緊張した。いったん気後れすると、足がおいそれとは動かない。仕方がないので、僕は壁に画鋲で止められたごみ収集日のお知らせに目をやった。

〈お知らせ。各種粗大ごみを五月二十四日に収集します。外山プレスの前に当日午後三

時までにお出しください。なお、前日までは一切持ち寄らないでください。近所の方が迷惑されます〉

外山プレス？　僕は、声に出さず呟いた。

「……牧田さんですか」

いきなり二〇二号室から女性の声が呼びかけてきた。声の主はドアの前で光を遮るように立ち、にこやかに僕に微笑みかけているように見える。

「お入りください。母から電話があったものですから、空気の入れ換えと掃除だけでもと思って……」

おばさんの声に似て、ちょっとアルトがかっている。僕は部屋の中に入り、杣がドアを閉めた。小さな台所とトイレがあるものの、風呂場は見当たらない。六畳一間のこの場所で、この先僕の生活がはじまる。

「娘の杣といいます。よろしく。それと、母は夏子という名前です。中西夏子、念のため」

左の笑窪をへこませながら、彼女は口元で微笑んだ。新しい風が一陣、開け放った窓から吹き込んできた。

「一つ聞いていいですか」

緊張を解くために僕は訊ねた。彼女はちょっと首をかしげて口元を綻ばせた。僕はさらに続けた。

「杣さんは百メートルを何秒で走れますか」

俯《うつむ》いた彼女は、クスクス笑い出した。多分こちらの知りたいことを即座に察したのだろう。

「最近測っていないので見当がつかないわ。でも牧田さんの質問には、わたしたちの家がこの窓から見えるあの赤い屋根の家だということを答えたほうが正解みたい。でしょう……」

「なんだ、そうだったのか。あすこからなら二、三分で飛んでこられるわけだ」

また彼女は、クックッと笑った。

壁に立てかけてあった座卓を取り出し、作りつけの台所で湯を沸かして、彼女はお茶を淹れてくれた。僕はその間、ほとんど外を見ていた。人っ子一人通らない、屋根瓦の町並み。所どころに五、六階建てのビルが混じるものの大半は低層の建物だ。ただ、平凡な塊の向こうには、低い塊を睥睨《へいげい》するように駅前の高層ビル群が聳《そび》えている。

「歩いている人、いないですね」

お茶を一口すすってから僕は言った。

「みんな工場で働いているのよ。この町は小さな工場ばっかりでしょう、みんな忙しいのよ」

「プレス屋さん、だけじゃなくて、他にもいろんな工場があるんでしょう」

「旋盤屋さん、溶接屋さん、鍛冶屋さん、バフ屋さん、なんでもあるみたい」

「バフ屋さんって何ですか。初めて聞いた気がするけど」

「金属の部品をきれいに磨く作業らしいけど、わたしもよくはわかりません。作業を見たことはないので」

「僕に比べたら、社会のことよく知ってると思う、杣さん。学生って世間知らずもいいとこで、街中の工場がどういうことをしているのかさっぱりわからない。大企業は社会見学で行くんだけど……。でも駅前の高層ビル街が毎年、世界ダンス祭りで賑わうことは知っていますよ。杣さんも出るんですか」

「まあね。子供の頃から踊っているからどうってことない。お付き合いよね、気分転換。普段は、あののっぽビルの陰の町だから静かなものよ。この辺りは家族で働く工場が多いの。だから広い敷地の工場は少ないわね。小さな工場がひしめき合っているの。広い空き地がないのでスーパーも店が作れなくて、幸市場みたいな古めかしいマーケットが残っているのよ」

「店、継がないで、刑事さんになるんですね。外山プレスの息子さんから、今しがた聞きました」

やっと一口、彼女が茶をすすった。一息つくと、

「子供のころから、人の命を救ってあげられるような仕事に就きたくて、ずっと刑事になれたらいいなと思っていたの」

「食堂だって、命を支えていると思うんだけど……」

僕はささやかな抵抗を試みた。おばさんの代理人を務めたかった。

「そうなんだけど、わかっているんだけどもっと多くの人たちのために働きたいの。この町だけじゃなくて……。それに、事件で命を奪われた人の無念を思うと、何かをせずにはいられないの。牧田さんだって、そうじゃないかしら」

「……僕は……あんまり考えたことはないかな、亡くなった人のこと。自分が生きてゆくだけで精一杯です。生まれたから生きる。単純なんです」

僕の発言に、杣は明らかに不快感を覚えたようだ。それまでの柔和な面持ちから僕を咎《とが》めるような冷ややかな表情になった。

「牧田さんは、家族で亡くなった方はいないのかしら。わたしは父が十二年前に亡くなりました。それ以来、死ぬことについてよく考えるわ」

しばらく気まずい空気が流れ、僕は沈黙した。何を言っても、彼女の心には届かないと思った。父親を失った喪失感が今でも続いているのだ。

杣、久しぶりね。ドアの外から、甲高い声が届いた。アッ理恵子だ、と叫び、条件反射よろしく飛び上がり、磁石のように杣はドアに引き寄せられた。

「今日は非番で休みなの」

「新米お巡りさんは忙しいでしょ」

「緊張の連続。理恵子とおんなじよ。お爺ちゃんやお婆ちゃんの介護だって緊張の連続じゃない」

「まあ、そうだけど」

弾むような会話が一瞬滞ると、

「理恵子、この人明日から母さんの店を手伝ってくれるの。お隣同士になるのだから、

よろしくね。牧田五郎さんっていうの」

ドアの隙間から、にこやかな丸い顔が覗いたので、僕は思わず起立して会釈を返した。

三

うどん玉と蕎麦玉は、早朝生麺業者が配達してくれる。冷凍麺を使わないのが、おばさんの拘《こだわ》りだ。店先にある冷蔵ケースの中にそれらすべてを並べるのが、朝一番の僕の仕事だ。冷凍麺ならカチンカチンで扱いやすいのだが、生はフニャフニャで掴む時の力加減が難しい。しかしそれも五日もすると、コツが神経に浸み込む。

おばさんの朝は、息つく暇もない忙しさというやつだ。御飯の炊き上げ、出汁取りから始まって、煮物、揚げ物、香の物やサラダの調理と、矢継ぎ早に副食を拵《こしら》える。てんてこ舞いで目の回る忙しさ。僕が一つでも手伝えれば、おばさんも少しは楽になるだろうというところだが、正直、一朝一夕にできるわけはない。おばさんも、自信が持てるまでは見ているだけでいいよと言ってくれる。

手先の技術のいらない仕事は、最初から何となく自信があった。確かな理由はないけれど、接客と出前がそれだ。まあ、口先の達者と体力の頑健さえあれば間に合うのだからと、自身を買いかぶっていた。

アルミの岡持ちに、カツ丼と天丼を入れて僕は出前に出た。昼食時を過ぎて一息つき、客足が途切れた時に、カツ丼と天丼の注文が来た。注文主は森玩具店。市場から歩いて数分のところにあるおもちゃ屋さんだ。老夫婦が営むこじんまりした店だが、いつも子供たちで賑わっている。

混みあう時間はすぎたけど品定めのお客さんには気を付けて……と、おばさんに釘を刺された。なのに僕はその時、不覚にも肉金さんの前で品定めに余念のなかった婦人と正面衝突。持っていた岡持ちをものの見事にひっくり返してしまった。

「新米さん、ついにやっちゃったね」

コロッケを揚げていた肉金のおやじさんは、開口一番こう叫んだ。

僕は不意に大木にぶち当たったみたいに目の前が真っ暗になって、勢いのついたおやじさんの声さえ、うわの空の状態だった。肉金のおかみさんに肩を揺り動かされ、思わず我に返って箱の蓋を開けてみると、カツ丼と天丼はそっくりどんぶりから飛び出して、売り物なんかにゃなりゃしない。

困った！　一大事だ！

僕は初めて自分のしでかした不始末に気が動転した。

「ごめんなさい。うっかりしていたものですからわたし……」

押し殺した声が、すぐ脇から聞こえてくる。どうしよう、おばさんに何と言って謝ったらいい。粗忽者、間抜け、半端者、口汚く自分を悪罵する言葉がピンポン玉みたいに頭の中で、跳ね返っている。

「牧田君、怪我はなかったの」

おばさんの落ち着いた声が、僕の耳元でひびく。僕は、頬に平手打ちを食らったような気がして首をひねった。

おばさんを急きたてて駈けてきた肉金のおかみさんが、

「膝をしこたま打ったんじゃないの」と、息を弾ませながら僕の顔を覗き込む。

「すみません。わたしが急に歩き出そうとしたものだから」

水色のエプロン姿の奥さんが、腰を二つ折りにして、すまなさそうに言った。

「あのう、僕の方こそ注意が足りなくて、ごめんなさい」

取り囲む顔を見上げ、やっとの思いで僕はそう言った。

「おっ、やっと出たね、声が。正気に戻ってまずは一安心だい。なら、さっそくで何だがよお、早いとこ散らかっているものを片付けちゃあくれねえか。商売のお邪魔でござんすよってなもんだ」

軽妙な言い回しで、茫然として微動もしない僕にやんわり催促したのは、肉金のおやじさんだった。

瓢箪から駒というやつで、僕のこの失敗が思いがけぬ契機となった。それまで何となくよそよそしかった幸市場の人たちの物腰が変わったのだ。よそ者扱いで煙たがっていたような市場内の空気が一変した。目障りな存在から、見守るべき存在に変わったのかもしれない。まったく、どんな災難が幸運をもたらすかわからない。禍福あざなえる縄のごとしとはよく言ったものだ。

打ち解けてから聞いてみたら、思いもかけぬ事実がわかった。ボロを出さぬようにという僕の気負いは、銅像のように僕自身をコチコチにしていたということだ。どこから見ても高慢ちきで、幸市場で働く人たちを軽蔑し、近づきがたく身構えているような印象を植え付けていたようだ。

まあ、ちょっとした行き違いさね……と八百屋の義一さんは事もなげに言うけど、ドジを踏んでやっと、まっとうな人間性を受け入れてもらえた僕にしてみれば、大勢の人間をいともたやすく誑《たぶら》かすこの行き違いという曲者、自身はつゆも気づかぬだけに、なおさらに空恐ろしい代物だと痛感させられたものだ。

「お待ちどうさまでした」

僕は努めて明るい声を出した。おばさんが急ぎ作り直してくれたカツ丼と天丼を持ってどうにか森玩具店にたどり着いた。

「ああ、どうもどうも。そこでいいよ」

「ちょっと、取り込みなのよ」

僕は陳列台に挟まれた狭い通路に岡持ちを置いた。その時、満艦飾のプラスチック玩具に隠れた奥まったところで、森さん夫婦の強面に睨まれて小さくなっている少年二人に目を奪われた。

「そうだよ、あんた、お兄ちゃんにもきいてもらおうじゃないの。どうだい、おじさんやおばさんの説教が古臭くて耳も貸せないというのなら、坊や、このお兄ちゃんにも意見をきかせてもらおうじゃないの」

「そいつは名案だ」

森さんはそう言って、膝を叩いた。

「牧田君、忙しいのにすまないけれど、ちょいと奥へ来てくれないかね。相談に乗ってもらいたいことがあるんだよ」

「？……」

呆気にとられている僕を見て、奥さんは、いかにもまだるっこそうに、

「心配ご無用、まかしといて。あっしがおかみさんに理由を話してきてあげるから。さあさ、入ってちょうだいな」

いっぺんに形相をくずし畳み込んでから、奥さんは小芋が転がるように別の通路を出て行った。

艶のある富士額を人差し指と中指でこすりながら、森さんは僕に椅子を勧めた。指が毛髪に触れて、細かな雲脂《ふけ》がひらひら舞い落ちた。上目づかいのまま、秘密めかして僕の耳元で囁いた。

「実はね、この子たち、万引きの現行犯なんだよ」

二人は観念したらしく、首を垂れ、白い旋毛《つむじ》を見せて肩を落としている。涙にくれている様子はなく、むしろ俯いた瞳はカッと鋭く見開いているような気配だ。両人とも年の頃

は十歳くらいで、小ざっぱりと刈り上げた髪と白いTシャツと半ズボンが、おそろしく清潔な印象を与えている。

「これで二回目だからね。痸癪も破裂しようってもんじゃないかい、え、牧田さん。たかだか子供の出来心だと言ったって、そうそう甘い顔なんかしていられやしない。そうじゃないかな、牧田さん。限度ってことがあるやね」

根っから子供好きな人なんだと僕は思う。ほとばしる憤りに目を三角に尖らせつつも、心のどこかには依然として躊躇《ためら》いがある。愛すべき子供たちの裏切りといえども、大人げなく激怒することには、心なしか抵抗感があるのだろう。

「謝ろうとせんのだよ、この坊やたち。こっちが何を言ったってだんまりの一点張り。子供らしく言い訳のひとつなりと出ようもんなら、まあ取りつく島もあろうってもんなんだが、口もろくすっぽきかねえ強情張りときた日にゃあ、こっちだってたいがい意固地になろうってもんじゃないか。えっ、牧田さんよ」

引きつった目で迫られて僕は
「大人を向こうに回して居直っているってわけですか」

僕は渋々口を切った。おやじさんの引っ込みがつかないままでは、いつまで引っ張られるかわかったものじゃない。問題はすでに、事の善悪より森さんの面子にかかわっているようだ。

「居直るってどういうこと」

少年の一人がいきなり顔を上げて僕に食ってかかった。

「なんてこったい、牧田さんには平気で口がきけるとは……」

僕は森さんの言葉を遮って応じた。

「居直るっていうのはだ、御免なさいが言えずに、わたしが何をしたんでしょうかと知らんぷりをすることだよ」

「…………」

少年たちは黙っていたが、森さんが、そうか……と呟いた。

「親身に叱ってくれる人がいるって、事の次第にもよるけどね、嬉しいことだと僕は思うよ」

「そうだよ。そこんところをわかってほしい。何もかも突っぱねて、警察に通報すれば、簡単なんだが……」

「その前に、君たちが気の毒だなと森さんは考える。男どうしだからな。君たちを庇《かば》っているんだよ、森さんは」

二人で言いつのるのも、この辺りが限度かなと僕は感じて、少年たちの反応をしばらく待った。

「……謝ると、負けだって」

「親が、そんなことを言うのか」

「いや、友達」

「その友達は、イタリア人かい」

森さんが突拍子もないことを尋ねる。いやね、イタリア人は交通事故の時、決して謝らないって聞いたよ。自分が悪くたって……。僕の怪訝《けげん》な表情を見てとって、森さんは言い訳するように言った。

「それは、汚れた大人の世界の世渡り術ですね。いわゆる、機先を制する。子供のうちは通じないでしょう。素直な心があるはずです」

僕が決めつけると、

「今どきの子に素直さだけを期待しちゃあいけないよ、牧田さん。第一、親たちが素直さとは異質のものを求めているんだよ。個性重視ってこと」

いつのまにか少年たちは顔を上げ、森さんと僕の間に持ち上がった妙な雲行きに興味津々の様子だ。

毎日、子供たちの現実に接している森さんの見方のほうが正しいのかもしれない、と思わないでもない。しかし子供が素直で正直であってほしいという僕の願いだって、時流や時代にそぐわない的外れなものとは思いたくなかった。

「第一、面白くない」

今まで一言も口をきかなかった少年が眉を吊り上げた。森さんと僕は呆気にとられた。

真っ当なだけじゃ、つまらないんだよ。心臓だって踊りださない。少年が毒づく。

「ゲームじゃ不満か。万引きしないと、ワクワクドキドキ心臓が踊りださないのか」

僕は少年の台詞を繰り返した。

「ご時世だね……」と唸って、今時の親たちは、と言いかけた森さんを脇から割り込んだ声が制した。

「アーラ、いつまでサボっているの、牧田君。おかみさんがお待ちかねですよ」

森さんの言葉が途切れ、僕は落胆した。

「ホラホラ、僕たちも万引きなんか金輪際しやしませんと言って謝るの。それで許してもらいなさい。出来心は誰にだってあるものだもんね。だけど、もしまた繰り返したら、その時はわたしが勘弁しないからね。たっぷり辛いお仕置きをしてあげるわよ。覚悟しときなさいな」

森夫人は少年たちの意を介さずまくしたてた。

少年たちは言い返す隙さえつかめず、ピョコンピョコンと首を垂れるしぐさを繰り返した。肩と項《うなじ》に力を込め、樫の木のように体に力を漲《みなぎ》らせたら、そうそう夫人の意のままにならずにすんだろうが、少年たちは何故かそうはしなかった。

四

二月《ふたつき》が経つと、僕は少しずつ調理作業を担うようになった。まずのとっかかりは、てんぷらだ。野菜の下ごしらえと、小魚の下ろし方だ。ともに、包丁さばきが板につくまでには今少し時を要するだろうが、慣れれば無難にこなせそうな気がした。次には、衣つけと揚げ作業。油の跳ねに閉口しながらも、おばさんに懇切丁寧な指導をうけながら、兎にも角にも売れる惣菜をこしらえる工程を習得したのだった。生意気を言わせてもらえば、押し並べてソツなくこなしたと思う。食材をひっくり返すというような、驚天動地の失敗もなく、……もっともそれは今後もあってはいけないことなのだが……、おばさんの眼鏡にかなう調理人への第一歩を踏み出したのだ。

八月に入り、連日温度計は三二度を上回るようになった。日によっては気温が三五度に達する猛暑日もあり、食材管理に神経を使う時節となった。

その日も早朝から気温は鰻のぼりで、十時にはすでに三〇度に達していた。市場の中は冷房がきいていて快適だが、一歩外に出ると、文字どおりうだるような暑さだ。僕はたいして重くもない岡持ちを持って汗だくになりながら、メゾンサンに向かっていた。

岡持ちの中はこの時期の定番、そーめんだ。十一時半の指定で、メゾンサン一〇二の門脇さんから注文が入ったのが一〇時ちょうど。いつもどおりの早手回しだった。八十二歳とは思えぬほどの張りのある声が、今日も僕を迎えてくれるはずだ。時折、嫁いだ娘がのぞいてくれるんだよ、と初めて天ぷらそばを届けた時に、観音様を思わせる笑顔で話してくれた。自慢の娘さんなんですね、と僕が言うとちょっとさびしそうに、しょっちゅう来てくれるといいんだけど、と言って首を傾げた。そのあと、ぴくっと両肩を竦める仕草をして、ちょっと贅沢かしらね、と言って照れくさそうに笑った。それが、二十日ほど前のことだ。

僕は一〇二号室のインターフォンの前に立った。お待たせしました幸食堂です。暑さのせいで、声が上ずった。十秒ほど待って返事がないので、僕はもう一度呼び掛けた。それでも応答がない。僕は、にわかに胸騒ぎを感じた。とはいえ、部屋の中に入れないのでは確かなことがわからない。僕は咄嗟《とっさ》に思い立って、隣室のドアの前に立った。管理人の連絡先を教わって事情を告げ、門脇さんの様子を確かめたいと思った。ただ、その部屋もインターフォンに返事はなく、僕は一層焦って気をもみながら、もう一軒隣に移ろうとした時、背後から声がかかった。

「何か用ですか……」

「あっ、ちょっと。管理会社の電話番号を知りたくて」

「幸食堂さんでしょう。時々食べに行ってるよ。管理会社は光和不動産だけど、どうかしたの」

見かけは三十歳くらい、工員ふうの男がそこにいて、手にコンビニの袋を下げている。

「門脇さんの出前なんです。呼んでも返事がないから心配になって呼びました。あなたを」

「わかった。携帯、家の中だから……」

男性は即座に事情が呑み込めたらしく、素早く部屋の中に入り、光和不動産に連絡を取ってくれた。

門脇さんは、台所の前に倒れていた。管理会社の社員が救急車を呼ぶと、電話口で心肺蘇生をするように指示されたが、彼は、もうだめですよねえ、体も冷たいし……と僕に念を押してきた。そうですね、と僕が答えると、第一発見者もだめだと言ってます、と相手に伝えて何もしなかった。僕も、蘇生は無理だと直感した。心臓マッサージが頭をかすめたが、肋骨の骨折が心配で何もしなかった。次に彼が警察に電話をすると、僕が第一発見者と特定され、詳しい事情聴取を受ける羽目になった。

やがて、管理会社からの知らせで、娘さんが駆けつけてきた。こちらから挨拶をする暇もなく、彼女は床に横たわる門脇さんの亡骸に抱き着いた。そして絞り出すような小さな声でサヨナラ、アリガトウとささやいた。それだけ言うと、泣き崩れて取り乱す様子もなく、シャキッと立ち上がった。号泣したいのをこらえて、一見冷静沈着を装っているけれど、表情はずっと引きつっていた。

救急隊員や警察官から様々な指示や質問を受け、彼女が母親の主治医の連絡先を告げると、医師の死亡診断が出るまでここに留まることになった。管理会社の担当者とこの先の手筈を話し合っている時も、どこか放心して上の空のようであった。

僕も心理状態は似通っていて、突然訪れた門脇さんの死、そのあとに待っていた死を確定するための様々な手続き。どれもこれも初めての経験で、足が地についていない心持だった。最後に警察官による事情聴取があって、すべてが終わるまで二時間近くかかった。

ご苦労さま。気骨が折れたでしょう、長い間質問攻めで……。ねぎらってくれるおばさんの声を聴いて、やっとうすぼんやりしていた頭の霧が晴れた。僕は架空の世界から現実の世界に引き戻された。

「門脇さん、以前から心臓が悪くてね。店に来ていたころも、時々気弱なことを言っていたのよ。その病がずっと続いていたのね、今思えば……」

惣菜のてんぷらを揚げ終えて、おばさんは小休止。これから夕ご飯のおかずを求めるお母さんたちが押し寄せる。

「無理しなくてもいいわよ。あとはわたし一人で切り盛りするから、早引けして休んだらどう……。やっぱり、元気出ないでしょう」

「元気はあるんですが、なんか、門脇さんのこと思い出しちゃって……」

「門脇さん、喜んでいるわよ、きっと。牧田君は孫息子と瓜二つだと言っていたもの。顔かたちなのか、性格なのか確かめてはないけどね」

と言われて僕は、即座に思い当たるふしがあった。何かの拍子に口が滑って、門脇さんに不快な思いをさせたかもしれない、と後悔を抱いた時があった。しかし門脇さんは、その言葉を聞き咎めることもせず、やんわり聞き流してくれた。僕を鼻もちならないいやな奴だと思っても仕方ないのに、そんな素振りはおくびにも出さず、欣然としてお喋りを続けてくれたのだ。

「あの笑顔、観音様みたいでしたね」

「そうだわね。こっちの心まで和ませてくれる、いい笑顔なのよね」

おばさんが瞳を潤ませる。潤ませながら、でもね、と言葉を続けた。門脇さん、牧田君には耳の痛いことも言っていたわよ。

僕が、ドキッとしておばさんの顔をうかがうと、

「悪口じゃないわよ。思い違いしないでほしいの。門脇さんが言うのは、牧田君、他人には優しいのに、お父さんやお母さんとはよそよそしいと言うか、しっくりいっていない

と言うか、ぎくしゃくしているところがあるわね、と心配していたわ」

僕がウッと身を乗り出すと、

「親御さんの話、まったく聞いた覚えがないからがっかりしているって。牧田君がお父さんと仲たがいしてること、わたし秘密にしてたんだけどね。門脇さん、勘が良いからわかっちゃうのよね」

隣にいる門脇さんに話しかけるように、おばさんは心なしか顔を曇らせる。それから微かに聞き取れる小さな声で、余計なお世話かもしれないけれど……と言った。

僕は門脇さんに限らず、誰に対しても自身のことはあんまり話さないようにと心がけていた。父親との確執や諍《いさか》いの原因を他人に理解してもらうのはとても無理だと感じていたからだ。

「門脇さん、僕と父親の不仲を親身に心配してくれていたんですね」

「牧田君が、今からでもお父さんと仲直りしてくれたら門脇さん、とても喜ぶと思うわよ。年をとるとね、人間は誰でも愛情が濃《こま》やかになるものなの。若い頃には、これっぽかりも想像できなかったことだけど」

門脇さんを偲ぶつもりが、いつの間にか風向きが変わり、門脇さんと、もしかするとおばさんも加わって、老婆心とも思える僕への忠告が表立ってきてしまった。しかも当の門脇さんが命を犠牲にしてしまった以上、僕としては余計なお世話ですと無下にうっちゃっておくわけにもいかない。いつまでも父に対してつまらない強情を張りなさんな、と言われているようで、少なからず僕の心はざわめき動揺したのだった。

帰り道、僕は自己嫌悪を禁じ得なかった。門脇さんの心の広さに感心する反面、自分の軽佻浮薄に心滅入るばかりであった。それは口の軽さへの反省だけでなく、若い僕に親との軋轢《あつれき》があるという事実こそが、老人の心を波立たせたということをいやも応もなく認めないわけにはいかない。門脇さんに招かれざる心の痛みを与え、それこそが門脇さんを突然の死に至らしめた主たる原因かもしれない。そう考えると僕は、取り返しのつかぬ災いを門脇さんにもたらしたことになる。

夜道を歩きながら、僕は門脇さんの急死に釈然としない責任を感じて、なおさら意気消沈してしまった。上っ面だけ飾り立てた世界に生きなければ、そして、どんな人にも思いやりを持って接していれば、誰も苦しめることなどないと思っていたのに……。

九時近くなって、僕はアパートに戻った。玄関前の薄暗がりで杣さんが待っている。艶やかな短髪の黒髪が夏の湿気を含んだ夜陰に浮かび上がり、僕はなぜか門脇さんの姿を重ねた。娘盛りの門脇さんが、つかの間僕の目の前に現れたような、不思議な光の塊がそこにはあった。

「今日は、お疲れさまでした。母さんから聞いて、わたしも驚いたわ。門脇さんには可愛がってもらったもの」

僕を待ち構えていたらしく、杣さんは近寄っていく僕に早口で言った。

「わたしが小学生の頃からずーっとだから、十年以上よね。門脇さん、女の子の孫がいないから、そのぶん一層わたしを可愛がってくれたんだわ。でもねえ牧田君、手放しの猫っ可愛がりじゃないのよ。だから、叱られた思い出も一度や二度じゃない。ちゃんとした大人になるように、躾《しつけ》をしてくれていたんだわ。愛情が豊かな人なのよ。天国に招かれるわよね、きっと」

それだけ言うと、早く家に連絡しなさいよ、と意味ありげな捨て台詞を残して杣さんはさっさと去って行った。こちらの反応に無頓着な杣さんの態度に戸惑うばかりで、僕は一言も喋るいとまがなかった。

その夜、僕は喧嘩別れして三カ月間音信不通の父に電話をかけた。

緑巡回

おい、まわしできたか。

わたしは、テレビ画面に釘付けの父を玄関から促した。

らっしもない。父は小声で言うと、ちらっとわたしのほうを見た。邪魔をするな、とでも言いたげな気配が漂ってはいるが、小言じみたことは何も言わず、稀勢の里は柏戸に似てるな、とつぶやく。

大相撲十日目の録画映像に腕組みしながら見入っていた父が、いきなり気合を込めた。長椅子から腰を浮かした途端、勢い余ってちょっとよろめきかかったもののどうにか持ち堪え、立ち姿勢を保った。保ちながら、稀勢の里は柏戸に似とるなあ、ともう一度ため息交じりに呟く。

家のある細い路地を出て、国道一号線の桶狭間交差点まで二、三分。そこからさらに南に向かって緩い勾配の坂が続いている。その坂の頂上まで行くと、やがて地蔵池という小さな溜池に至る。周囲の住宅に溶け込んで穏やかな表情を見せる地蔵池だが、この一帯が激しい戦闘の地であり、この道こそ信長や利家そして勝家や藤吉郎が、武者震いする身体に渾身の思いを込めてかけ上った、桶狭間戦勝の道なのだ。

「初めてだな、二人でバスに乗るのは」

交差する国道一号線の信号でわたしたちは立ち止まる。青空を仰いで、わたしが一言いうと、

「いや、違う」

即座に父は否定した。父の記憶の中で、昔のバスの情景が、キラリと光ったようだが、わたしは確かめることはせず、

「駅から乗るより便利だろう。なんたって、近いが一番」

眩しい青空にわたしは目を細め、また歩き出した。額がちょっと汗ばんでくる。

「便利かどうかわからん。間違いなく座れるから駅で乗る。二番目の高根から乗ったことはない。この路線も初めてだ」

「そうか、乗ったことないのか、緑循環」

「緑循環ではない。緑巡回だ」

「名古屋市内のバスは全部乗り尽くしたと思っていたのに」

「まめな時分にゃな、このバスとは縁がなかろう。今にしたとこで、婆さんの病院が大学病院ならいざ知らず。そうじゃないのだから、やっぱり縁はなかろう」

「大学病院は終点だろう。べつに終点まで行かなくてもいいんだよ。途中下車で生協病院にだって行ける。大高《おおだか》駅じゃあないよ。南大高駅で降りたらいい」

「南大高駅か、新しい駅だな」

「できた当初は、東海道線の新駅というんで、何かと話題になったもんだけど……」

「この団地、グリーンハイツと言うんだがや。この団地もな、できた当時は大きな話題になったもんだ。入居倍率が何十倍とかいってな……テレビでも派手にやっておったぞ。何十年も昔のことだが」

高根のバス停は、有松グリーンハイツの真ん前にある。いわば、グリーンハイツの住民のためにあるバス停と言ってもいい。

小さい祠に似た待合所。風が通らず蒸し暑いのも構わず、父はプラスチック椅子に腰を下ろした。わたしは歩道に出て、風が来るのを待つ。暑さのせいだろうか、待つ客はわたしたちだけだ。ただ、目の前を走る上下一車線の道路をひっきりなしに車が行き交い、耳のほうは全然休まらない。

「信長、この道を行ったんだろうな」

父に背を向けたままわたしが話しかける。

「違うぞ。名古屋短大のそばに武路《たけじ》という地名があるだろう。あすこのあたりを通ったんだ。だから、武士の路だ。そんなことも知らんのか」

「そうか、だから武路か。なんか意味があるとは思っていたんだけど……でもさ、僕はこの道なんだ。この道こそが合戦の道なんだよ。母さんも、二年前この道を一人旅で刈谷まで行ったんだ。縁があるんだ。だからいいだろう、勝手にそう決めていたって」

振り返って、父の同意を得ようとすると、
まあな、と首をひねり、おい来たぞと言って杖をコツンと鳴らす。その音をてこに、父はシャキッと立ち上がり、左目の眼帯に一度触れた。

降りた客はいなかった。駅から二つめの停留所だから当たり前といえば当たり前だ。乗車した客はわたしたちのほかにもう一人いた。動きだしそうなバスにギリギリ間に合った女学生だった。

生まれ育った町は名古屋の市街地にある。

父もその父も、そして息子のわたしも、そこで生まれ育った。母の実家も近い。今でこそすきまなくビルや家屋が立ち並んでいる町だが、わたしが幼い時分は、戦争中に受けた空爆のせいで、そこここに空き地が残っていた。市街地にしては珍しい光景だった、というのが父の口癖だった。そんな父が、他所に住みたいとわがままを言いだしたのは二十年以上前だった。母と二人さまざまな所を捜し歩いた末、手に入れたのが緑区の有松《ありまつ》にある土地だった。駅に近いだけが取り柄の北向きの狭い土地だが、父はそれで満足だった。日当たりの良し悪しは二の次で、別の狙いがあったのだ
二、三カ月の間、わたしは一人転居せず、それまでと同じ家で暮らしていた。仕事の関係で街中のほうが好都合だったからだ。
そんなわたしに父は毎日電話をよこす。早くこちらへ来い、と矢の催促だ。最初は気にかけずに放っておいたわたしだが、やがて父に根負けして同居する成り行きになった。

真新しい家でいっしょに暮らしてみて、初めてわたしは父の狙いがわかった。留守番役をわたしに任せ、自分は母と一緒に外出して、心置きなく自由な時間を楽しみたかったの

だ。自分勝手な目的のために、わたしを当てにする父にちょっと腹が立った。

しかし冷静に考えてみれば、戦前、戦中、戦後と日本の歴史始まって以来の殺戮と敗北と混乱の時代を生きた父。出征先の中国にあってはトカゲや蛇も食う悪食も体験した。戦後の復興期には、破壊し尽くされた故郷の再建のためひたすら働いて働いての日々だった。リヤカーに重い荷物を積んで、瀬戸まで二十キロの道のりを往復したこともある。苦労が多くて、ろくに人生を楽しむゆとりもなかった世代だ。感謝と労いをこめて、そろそろ休息もいいだろうとわたしは思い、留守番役を引き受けることにした。


「おい、地蔵池だ。バスから見ると余計に小さく見えるなあ」

桜の木の間に小さな池が見え隠れする。

「桶狭間山は住宅でいっぱいだ。信長や義元が生き返ったらびっくりするだろうなあ、あんまりの変わりように」

地蔵池のバス停で、老人の夫婦らしき二人が入ってきた。後ろの席にいる三人を一瞥すると、運転手の後ろの席に落ち着いた。

「信長が東海道を来たら勝てなかったな。今川方の物見にひっかかったはずだ。熱田を出てから、南じゃなくて東に向かった。野並だ。それから、古鳴海を経て山越えだ。物見の網を見事にかいくぐったんだ。鎌倉街道だな」

父は頷きもせず、窓の外を眺めている。

「信長は義元の脇をついたんだ。井伊直盛と松井宗信の兵をかわしたんだ」

「この道は、松井と井伊の背後だが、背後だからと言って物見がおらんとは限らん。危険な賭けになる」

「いいんだ、そういう細かいとこは。なにしろ、僕はこの道を信長街道と呼んでいるんだ。東陵中から太子を経て名短を進む道筋が武路で通説らしいけど、その道はどうもピンとこない。僕の思う道じゃない」

「好きにしやあせ……」

父はあきれ顔でずっと外を見ている。

「それにしても……義元は大軍勢の上に胡坐《あぐら》をかいて、致命的な過ちを犯したね。じき天下人になれたのに」

「信長だって、人のことは言えん。本能寺で取り返しのつかぬ油断をしでかした。文字どおり寝首を掻かれたんだ。どっちもどっちだ……」

なるほど……わたしは思わず納得した。好事魔多しか。動き始めたバスから見上げると、地蔵池の裏側に位置するはずの桶狭間山はまったく望めない。ふもとにあるホームセンター「カーマ」から、ぎっしり家々が山肌を埋め尽くしているせいで、山らしい姿は想像するしかない。義元の無念の涙、そして信長の非情な高笑い。ふたりの武将の生き方を見事にひっくり返したその山に、今は大勢の人たちの穏やかな暮らしがある。

「カーマがまだユーホームのころ、ここまで歩いてきたよな、おふくろと二人で」

「ペンキを買うためだ」

眼鏡に手をやって、ちょっと父はその位置をずらした。

「そのあと、一年くらいたってからだよ。おふくろがこの道を刈谷まで歩いたのは。夜中の徘徊だった」

「小雨も降っとった」

「カーマ本店の前で行き倒れていたところを救急車で運ばれた」

「そうだな。豊田記念病院だった」

「二人で迎えに行った。梅雨時だったけれど、案外元気そうだったね。点滴だけで生き返ったと、看護婦さんたちもびっくりしていたよ。まだまだ元気いっぱいだった」

「本人もけろっとしとったな」

父がかすかに思い出し笑いをする。信長とおんなじ道を母が歩いたのだから……。

バスは幕山を通過してから大池に沿って走り、長福寺前で止まる。停留所の名は桶狭間寺前だ。東に上がる坂の途中に、大池を赤い血で染めた合戦の犠牲者を弔う長福寺が建っている。今川義元と松井宗信の首あらためをしたと伝わる寺だ。それにしても、二万五千の大軍勢が二千の少数に屈するとは、今川勢の誰が想像しただろう。

「境内に、石碑あったよね。合戦の模様が大雑把に記してあった」

「槍と刀に渾身の力を込めるんだ。死にもの狂いで突進する。一心不乱、目の前の敵を切り刻むんだ。みながこぞって決死の覚悟で激突する。池は血の海にもなる」

「普段の神経じゃない」

「神経などあるものか。心などない。心は堪忍袋に閉じ込めて、血に飢えた獣とおんなじになるんだ」

「近代戦みたいに、血に飢えた機関銃よりましだな」

「……人の熱は伝わる。槍と刀はな」

大戦中の中国ではどうだったのかと、訊ねようと思ったが、大池に向かい合掌する父を見てわたしは思い直した。

寺前で乗客を一人乗せたバスは、郷前《ごうまえ》を通過。桶狭間団地の建物群のわきを走り、広大な団地敷地の真ん中あたりの停留所、下切《しもきり》で止まる。女学生が降り、新たに三人の客が乗り込んできた。中年の婦人たちだ。

団地棟の東側には、しゃれた造りのアパートや昔ながらの農家の佇まいを見せる立派な家々が道路沿いに軒を連ねる。桶狭間団地の敷地は五十年前は畑だったと聞いたことがある。いわば、今と昔が向かい合っているような道をバスは走っている。

桶狭間団地を過ぎると、ひとまず合戦の面影を残す地名は姿を消す。バスは大府との境を区切る刈谷新道まで直進する。新道に突きあたる、その地点が口無池バス停だ。バス停であるとともに、南区の要町から来るバスの終点車庫でもある。ただその名に反して池は見あたらない。埋め立てで姿を消したとわたしは思っている。バスが刈谷新道に入るのは、口無池バス停を右折してからだ。地理的には名古屋に戻る経路をとることになる。

しかし母は、この道を右折せず左折した。左折というより道なりといったほうが正しいかもしれない。しょっちゅう徘徊を繰り返していた年の初夏、小雨降る信長街道を、刈谷の逢妻川先の刈谷市内まで歩いたのだ。行き倒れているところを親切な人に助けられ、救急車で豊田記念病院に運ばれて一命を取り留めた。体力があり余っていたとも思えぬがとにかく、母は歩いたのだった。

その信長街道と別れ、バスは刈谷新道を母とは反対方向に向かう。一キロも行かぬうちに、国道二三号に合流する。インターチェンジは有松インターだ。

国道二三号線はもともと「名四《めいよん》国道」と呼ばれていた。名古屋の名と四日市の四を連ねた名称だ。一九五九年、昭和三四年、伊勢湾沿岸を襲った伊勢湾台風の直撃をうけた名古屋南部と四日市沿岸部の復旧を急ぐために、当時の建設大臣の乾坤一擲によって出来上がった道路だ。水没した国道一号線よりさらに南側、決壊した湾岸堤防の北側に新たな道路を築いたのだ。復興の速度はこれにより格段に増した。そして何よりも、三重県四日市の石油化学コンビナートを完成させるのに多大の貢献をした。しかしながら、後々工業化の負の遺産である四日市ぜんそくも引き起こす結果となる。

「名四というと、四日市ぜんそくを思い出す。当時は四日市市内の名四を走ると、鼻が溶けるような刺激臭だった」

鼻を刺す臭いそのものだった。

「塩浜はひどかった」

「悪臭と騒音が発展の証みたいなところがあったよな、あの時代は」

大型トラックが次から次へとバスを追い抜いていく。これも発展の象徴だとすれば、バスは俺たちなのかな、とふと思う。

「名四にドラム缶を組み合わせた道路があった。昔そういう噂を小耳にはさんだけど、ほんとうだったのかな」

「台風直後はな……」

「仮設道路だね。アメリカのケネディ大統領が暗殺されたのもその頃だった」

唐突にわたしが言うと、

「いや違う。まだだ。また、十八番の勘違いだぞ。その事件は伊勢湾台風の五年くらい後だと思う。日米衛星中継の最初のニュースだったわな」

バスをかすめて走るトラックを目で追いながら、父はいつになくはっきり答えた。あいまいな記憶が目立つこの頃、父は昔のことをあまり語りたがらなくなっている。

我々の名四走行は次の共和インターまで。つかの間自動車洪水の仲間入りをしてからインターを降りると、そこは名古屋市と大府市の境目。そこで、いきなりバスは右折する。

このまま直進して大府市街に向かうのかと一瞬わたしは動揺したが、父はそんな素振りはまったく見せない。

「この道は刈谷街道だ。市バスなんだから、戻るにきまっとる」

「刈谷新道と刈谷街道。紛らわしいな。でも、このあたりはまだ風景はあんまり変わっていない。名四の上に新東名が重なっただけで、大した変化はない。だけど、この先、蝮《まむし》池あたりはすごいよね。まるで空を登る九十九《つづら》折れだ」

父は返事をせず、関心なさそうな様子だ。

「二十年以上も前だよ。この辺りに天まで届きそうな高いコンクリートパイルがやたら立ち始めたのは。現代の安土城でもできるのかと思ったのに、できてみれば、どれもこれも道路の支柱だった」

「たしかに、あの林立は異様だった」

「名四の上に、新東名と三〇二号線がのっかった形なんだけど、ひどく複雑なパイルの配置だった」

言いながら頭上を見上げると、新東名をスルスル滑るように走るトラックの屋根が見え隠れする。その滑らかな動き。天にも昇らんとする信長の姿が重なって、わたしは思わず我が目を瞬いた。

　バスは名四をくぐって、大高大根山バス停に向かう。大須ういろうの工場が右側に見える。大須ういろうなのに、大高に工場があるのはなぜだろう。はじめっから大高にあったわけではない。わたしが幼いころ、大須観音の参道仁王門通りにある大須ういろう本店前を通ると、決まってういろうを蒸す甘い香りが漂ってきたものだ。その匂いだけで腹が膨れた覚えがある。それが、ある時期を境にぱったり絶えてしまった。どうしたのかなとずっと不思議に思っていた。その謎が、何年か前この工場を見たとたん解けた記憶がある。

　道路を挟んで右に新幹線、左に東海道線が走る。そのあいだを並走するバスは大高の地を巡る順路に入る。旧街区の中心にあった大高城は、桶狭間合戦のときは今川方の瀬名氏と松井氏が守っていた。そして出城の丸根砦には、のちの家康、松平信康がいた。信康は義元の死を知り、急遽居城の岡崎に舞い戻った。信長が追撃しなかったのは、何がしか二人が気脈を通じていたのかもしれない。それを思うと、義元の哀れはさらに深くなる。

　しかし、戦国武将の哀れをあまた見届けた丸根砦も大高城も今は存在せず、ただ城跡が残るばかりだ。

　それにしても、とわたしは思う。義元はなぜその日、沓掛二村城を出てから一気に大高

城に進まなかったのか。いかなる理由でその半ばの桶狭間山に一時野営したのだろうか。一日あれば余裕をもって移動可能な距離であるにもかかわらず、どうして相手に隙を見せるような行動をとったのか。それは永遠の謎だろう。義元本人に訊ねるしかない。

バスは大高坊主山に近づく。道路右側は新幹線の線路を隔てて古くからの工場群で、ここ数十年大きな変化はない。対して左側は長らくほったらかしの荒れ地だった。しかし十数年ほど前に様相が一変、巨大な商業施設が出現した。蝮池の西にイオン大高モールができたのだ。同時に東海道線の新駅、南大高駅も店舗前に新設され、一帯は荒れ地から、近代的な住商地帯へと一変した。目を見張るような変身をとげたのだ。

バスが止まると五人が降り、中年の夫婦らしき男女が乗り込んできた。女性のお喋りの声が金切声そのもので、その気などなくても話の中身が乗客の耳に届く。犬も食わぬ類の夫婦喧嘩をバスの中にまで持ち込んだのだ。

夫婦は様々だな、という思いでわたしは父の方を見た。父は知らんぷり。瞼を閉じたまじっと腕組みしている。

「映画館、一度も行ってないな」

窓の外をイオンモールの映画館の看板が滑ってゆく。

「……いいんだ。ジャン・ギャバンやジョン・ウエインの映画はかからんからな」

「フランス映画は、無理でしょうね。今の時代」

「『望郷　ペペルモコ』と『駅馬車』はいい映画だった。シャルル・ボワイエとヘンリー・フォンダもよかったなあ。『うたかたの恋』と『怒りの葡萄』は名作だぞ」

「昔の名優だよね四人とも。フランス人とアメリカ人。そんな国を相手に戦争したんだね、七十五年も昔に」

だから俺は嫌だったんだ、と言うと、父は腰を浮かして席を立とうとする。

「どうするの……」

「降りるんだよ。次は生協病院のある駅だろう。病院の停留所だからな」

前席の手すりをつかむ父の手に、わたしは自分の左手を重ねた。

「帰りにしてくれよ。今は終点の大学病院まで行くんだから。僕の癌検査だよ。終点まで付き合ってくれるんだろう」

「……うむ、わかった。婆さんも病院なら安心だ」

そう言って父は手の力を緩め、渋々座りなおした。

「いっぺんだけ二人の夫婦喧嘩見たことあるよ、僕。母さんを上着でもって叩いていた

ね。あんまり力は込めていなかったと思うけど、母さんは泣いていたよ。気になったから
あとで母さんに訊いたんだ、その理由を」
わたしは父の気をそらそうと話を変えた。
「何と言った、婆さん」
「たてごと言ったんじゃないと。弟さんに比べて働きすぎなんじゃないの、と父さんの
体を心配して言ったのに叱られたって、目を潤ませていたよ」
「余計なこと言うからだ」
「おじさんは体が弱いってことを、母さんは知らなかったんだ。そのために徴兵検査に
落ちたってことも」
兄貴が弟を庇う。まして体の弱い弟ならなおさらだ。母が健康を気づかって心配してく
れていることはわかっていただろう。それでも、父は兄弟の強い絆をけなすような母の言
い方が気に障ったに違いない。兄貴としての強い責任感。時と場合によって、それは嫌わ
れたりすることもあるようだけど、父は一点の疑いもなく、生涯その責任をまっとうした。
弟の立場からすると、少なからず気詰まりはあったかも知れないが……、ときおり届く
弟からの葉書に見入る父の顔には、常に穏やかな微笑みが浮かんでいた。

砦前停留所を通過してしばらく行くと、バスは刈谷街道を左折する。東海道線と新幹線を左に見て並走した区間はここで終わる。線路下のガードをくぐると、二本の鉄路は位置を変えてバスの右側を走るようになる。わずかに緑を残す名古屋市の郊外から、コンクリートが君臨する中心市街地に至る、その境目の駅が次の大高駅である。

バスが大高駅のロータリーに滑り込む。

大高駅だな……。父は小声でつぶやく。思い出が何かあるのだろうか。わたしは訊ねる。

「古い造り酒屋があったね。神の代、といったかな」

「酒のことはわからんが、この駅からばあさんと二人初詣に行ったことがあった。正月にしては日和がよくてな。おまけに伊吹おろしも弱かった」

乗客が三人降り、入れ替わりにバスに乗り込んできた若い男性が車掌に何か話しかけている。食ってかかるという風ではなく、穏やかに数分やり取りがあってから、男性はバスを降りた。すると駅の玄関から小走りできた女性が二人新たな客となった。

「初詣って、お寺でもいいんだ。長寿寺ならここから歩いても知れてる」

「長寿寺じゃない。神社だ。氷上姉子神社といってな、熱田さんの元社に当たる古い社だ」

ふーん、とわたしは答え、ぜんぜん知らなかったよ、と続けた。

女性たちは知り合いではないらしく、別々の座席に落ち着いた。それを見届けてから、バスは動き出した。

大高駅を出ると、一つ目の信号をバスは左折する。方角としては、海に向かって南下することになる。

「いくらなんでも、この辺りは海じゃなかったよね、昔でも」

「もうちょっと先だろう。名四を横切ったとこくらいからだろうな」

「この道、来たことあるの……」

「さっき言ったろう。婆さんと一緒にな、氷上姉子神社にお参りに行った時だ。十年も経ったかな、あれから」

肩を並べて座席におさまる二人の姿が目に浮かぶ。きっとその時も、二人はずっと黙ったままだっただろうなと、想像がつく。

大高橋から三本木、折戸まで乗降客は誰もいなかった。何の変哲もない風景。住宅と工場と商店が連なる平凡な町並だ。その連なりを断ち切るのが名四国道、国道二三号線だ。丁度信号が赤に変わり、東行きの車の群れがピタリと動きを止める。バスはゆっくり先頭で停止した。

「名四を渡ってすぐの左手だぞ。石の鳥居が見える。それが、氷上姉子神社の一の鳥居になる」

ふーんと、また気のない返事をする。

「古事記の日本武尊と宮津姫の話だな。日本武尊が熱田を去るとき、天叢雲剣《あめのむらくものつるぎ》を残したところが神社のある氷上山だ」

父の蘊蓄をわたしは久々に聞いた。九十歳前後から、父は少しずつ自分に自信が持てなくなっているように見受けられた。それまでと違い、息子のわたしの言うことを妙に素直に受け入れることがたびたびあったのだ。明らかな変化だった。

「古事記の神々は伊勢神宮だよね。われわれの本籍地、中区の伊勢山は伊勢神宮となにか関係があるんだろうか」

わたしが訊ねると、父は、うーと唸ってから、わからんなと応え、

「信秀の出城はあった。しかし、伊勢神宮の縁社はなあ……。たとえだ、お伊勢さんと縁があるからといって、ちょうすいたらいかんぞ。おまえは調子に乗りやすいからな」

ないない、それは、と即座に否定して、わたしは苦笑いした。

郵便はがき

料金受取人払郵便

名古屋中局
承　　認

9014

差出有効期間
2026年9月29日
まで

460-8790

101

名古屋市中区大須
1-16-29

風媒社 行

注文書◉このはがきを小社刊行書のご注文にご利用ください。

書　名	部数

郵便振替同封でお送りします（1500円以上送料無料）

風媒社 愛読者カード

書　名

本書に対するご感想、今後の出版物についての企画、そのほか

お名前　　　　　　　　　　　　　　　　　　　　　（　　　歳）

ご住所（〒　　　　　　　）

お求めの書店名

本書を何でお知りになりましたか

①書店で見て　②知人にすすめられて

③書評を見て（紙・誌名　　　　　　　　　　　）

④広告を見て（紙・誌名　　　　　　　　　　　）

⑤そのほか（　　　　　　　　　　　　　　　　）

＊図書目録の送付希望　□する　□しない

＊このカードを送ったことが　□ある　□ない

次の停留所、砂畑《すなはた》で車椅子の女性客が乗車してきた。五十代と思しき運転手が、手際よく中ほどの車椅子スペースに女性を落ち着かせると、お待たせしました、発車いたしますのでご注意ください、とマイクで告げた。

「かすかに海の香りがするね」

わたしはクッと鼻を鳴らした。あたりは相変わらず商店や会社が目立つばかりだが、空気には自然の息が混じる。

「この辺は海だったろうな、古代は。だから潮の香りの残り香が漂っている。寝覚の里辺りは特にそうだ。日本武尊が海の波音で目覚めたという伝承もある。第一、知多の海がもうじきだろう」

「このさき、何とか新田というバス停もあるから、ここいら辺は全部海の埋立地なんだね」

「新田は近代の埋め立てだな」

「この辺から、鳴海、星崎にかけて海だったとすると、昔は海がかなり食い込んでいたんだ。縄文の海進の頃だね、きっと」

複雑な地形をわたしは想像した。

「鳴海や星崎どころじゃないぞ。今の名古屋駅くらいまで海だったという人もおる。地名からもわかるぞ。名古屋駅近くの泥江《ひじえ》町、水主《かこ》町。北隣の琵琶島。そして、信長が支配したところの津島と清洲。どれも海を連想させる地名ばっかりだな。縄文時代なんてとんでもないぞ。つい五百年前の戦国時代のことだからな」

「ちょっと待ってくれよ。そこまでいくとまったく想像がつかない。名古屋駅まで海だったなんて……」

「海とまではいかんとしても、川に浮かぶ島という説もあるがや」

説はいろいろある。それはそれでいいけれど、わたしにとって現代の海はやはり知多の海しかない。子供のころ海水浴や水練学校といえば決まって知多の海だった。それは父も同じはずだ。星崎が海でない限り。

バスは、だだっ広い道路に出た。いかにも何とか新田の中央を突っ切って走る自動車道という趣だ。あっという間に、寅新田のバス停が近くなってきた。

「この道は国道一号の上汐田を南下する道だね」

「南に下って知多街道に合流する。名和でな。だから、知多街道のバイパスだ」

父から名和という地名を聞くのははじめてだった。それほど、父と一緒の海水浴も水練学校も縁がなかった。つまり、父が母や子供たちを連れて名鉄電車に揺られ、知多の海に遊びにでかけたことは皆無だったということだ。

「いっしょに海に行った記憶がないよ。子供としては不満がのこる」

わたしは拗《す》ねた調子をつくった。

まあな、と言ってから一息ついて父は、

「俺は水が苦手だ。だから行かなかった」

「言い訳だろう、そんなの」

わたしは食い下がった。前々から一度愚痴を突き付けてやろうとうずうずしていたのだ。

「言い訳かな……。もっと深刻なんだがなあ。泳ぎが得手なお前にはわからんだろうと思う、水への恐れ」

「お決まりの理由じゃないだろうな。溺れかけたとか」

「そいつだよ」

「海水浴に行かないのにだよ、溺れることないだろう」

「堀川だ。戦争前、堀川は水が澄んでいてきれいな川だった。三つ上の兄さんとよく古渡橋の下に水遊びに行ったもんだ。夏は涼しくてなあ、爽快だった」

「兄さんて、結核で亡くなった人」

「近所の鉄工所で働いていたんだが、今で言う過労死だったな。毎日毎日遅くまでこき使われて、文句ひとつ言わんから、けっきょく体を壊して亡くなったんだ。当時は、医者もいい加減でな、目玉が飛び出るくらいの金とって、あげく助からなかった。悔しかったけどなあ、ごまめの歯ぎしりじゃ、だちかん」

これまで幾度となく聞いた話だ、とわたしは思う。父はよっぽど悔しかったのだ。大好きな兄貴が、若くして突然自分を見捨ててこの世を去った。本当に自分が見放されたような、心細い気持ちになったに違いない。

「兄さんが溺れたの……」

「俺が溺れかけたんだ。助けてくれたのが兄貴だ」

兄が弟を庇い、守るのは当たり前だ。当たり前のことをされただけなのに、死の瀬戸際に立った弟にとって兄は命の恩人に違いない。感謝の思いは、余人には計り知れない。

「兄貴もそうだが、戦友たちもそうだ。俺たちの時代、身の回りで大勢の人の命が奪われていった。若い時分はとくに辛い人生だったな、思い返してみるとな」

「日本が滅亡したかもしれない戦争だったんだよな。最後の一人になるまで、徹底的に抵抗するんだ、と煽っていた人物もおったと聞いている」

「死なばもろともと言えば聞こえはいいわな。俺は生きることを考えていたが」

「戦死した人たちを心から弔っているようにも聞こえるけど、実のところはどうなんだろう」

「戦死者を思うというより、自暴自棄が先に立っている。命を粗末にしているだけだ。死人が増えていいはずがない」

民族消滅の破滅的な戦争終結にならなくて良かった、と思いつつも、何に感謝していいのか皆目わからないというのが父の本心なのだと思えてならない。

寅新田のバス停で人の乗降はなく、バスは次の巳新田《みしんでん》に向かう。車ばかりが疾駆し、歩道を行く人影がまったく見えない。元々海だったところが、米を作る田んぼになり、今では田んぼを埋め立てて、多種多様な工業製品を製造する工場が立ち並んでいる。近代化に文句をつける気などさらさらないが、心の片隅で後悔の思いが消えないのは何故だろう。

大高駅で乗ってきた女性客二人が、巳新田で降りた。なぜ別々の座席に座ったのかな……喧嘩でもしていたんだろうかと、つまらんことを考えさせる二人が減り、車内の客は三人になった。しかしバスが名四の高架橋の下をくぐって大高町丸の内の停留所に止まると、男の客が三人乗り込んできた。風貌からアジア系の男たちとわかる。しゃべり言葉の響きから察すると、ベトナム人だろうか。

結局父は中国には行かなかった。中部国際空港から毎日、中国のいたるところに直行便が出ているのだから、気持ちさえあれば先の日中戦争で出征した地を訪ねられたはずなのだが、父の気持ちは動かなかった。

普段から戦争の話題は避けているようなふしがある。テレビで戦争のドキュメンタリーがあると、父は終わったことなのに、と言って見て見ぬふりを決め込む。戦争に行って、良い思い出などあろうはずもないだろうが、それでも昔を懐かしむ思いが全くないというのも、切ないだろうと、わたしは同情を禁じ得ない。自分の青春から目をそむけて生きてゆくのは何か物悲しい。

「この頃は、中国よか、ベトナムから働きに来る人が多いようだね」

「我々の若いころなら、朝鮮半島から働きに来る人が大勢いたもんだ。向こうも気をつかったろう、こっちも気をつかった。それでもどうにかうまくつきあったもんだ」

「植民地だったんだから、建て前は日本人だった。今とは違うね、まったく」

「日露戦争は朝鮮半島の支配者を決める戦争だった。日本がちょっと分《ぶ》が良くてな、アメリカなんかの仲介で日本が治めることになった」

「日本が負けていたら……」

「半島はロシアのものになった」

ロシアが日本の目と鼻の先まで来ていたと思うとゾッとするし、日露の欲望の餌食となった人たちが今でも怒りが収まらないのは仕方のないことなのだろう。

「よく働いたぞみんな。毎日重労働の連続で疲労困憊だった。それでも、弱音は禁物だ。若いからできた」

「僕ならもたない」

耳元でささやくと、

「日本が解放して良かったんだろうか」

父も小声でつぶやいた。ちょっと違うかなという気もしなくはないが、わたしは意見を言わなかった。

若い時分なら、戦争を引き起こした中核の世代である父の考えを、悉《ことごと》く非難していたわたしだった。しかし今は違う。学生という保護された環境から、自立競争の社会人となり、様々な経験を重ねた。わが子の希望の多くを叶えようとしてくれた親の力がないと、本当に自分は無力だと感じることも多かった。自分以外の存在の凄まじい力の強さ。自分の意志ではどうにもならない、巨大な怪物のような存在。その筆頭が、時の権力が作り出す流れ、時代風潮だろう。軍人が専横した戦前、それに争う力などは、しがない庶民の父にあろうはずもなかった。ユリシーズならいざ知らず……。

大高町丸の内のバス停を出てすぐ、バスは産業道路を右折する。それから、三本木、大高橋と元来た道を通り、大高駅に戻る。

ベトナム人の三人と車椅子の客は駅で降りた。わけもなく、さすが駅だなとわたしは思った。入れ替わりに若い一組の夫婦が乗り込んできた。

「また駅に舞い戻った。珍しいよな、二回も止まるなんて」

バスが走り出すのを待って、わたしが言うと、

「巡回の中の小巡回だな。長寿寺はその巡回路には入ってはおらんのか」

「長寿寺は一本北の道だよ」

「ふーん、そうか。知多四国八十八ケ寺巡礼のしんがりだ」

「知多半島に、八十八もお寺があるだろうか。いちばん有名な野間大坊は、源頼朝の父親が暗殺されたことで有名だから知ってるけど……。ほかに八十七も寺があるの」

「あるんだろうな。ただ知らんだけだ」

七十歳の時に脳腫瘍の摘出手術を受けてから、父は変わった。心境の変化というやつだろう。病を得て、別の言い方をすれば、死を意識して、今まで生きてこられたことへの感謝が沸々と芽生えたに違いない。

父にしてみれば、戦争が終わって五十年。

無我夢中で働いてきた日々だった。その積み重ねの中ですっかり忘れていた弔問の思いをまた、蘇らせることができたのだった。

それまでお参りといえば、熱田神宮や豊川稲荷と決まっていた。ともに商売繁盛を祈願するのが目的だ。盆と彼岸に墓参りは欠かさなかったけれど、お寺にはあんまり足を運んではいなかった。我が家のご先祖さまが納骨されている東別院なら、徒歩で五分とかからないというのに。

それが、病気を機に一変した。神社に加えて、お寺参りを始めたのである。名古屋市内の主だった寺院を手始めに、知多新四国八十八ケ寺すべてを巡り、ついには四国の八十八ケ寺巡礼もやり遂げた。もっとも、父の四国巡礼は徒歩で回るのではなく、新聞社が募った〈空海の道〉という名の団体巡礼で、バスに乗って寺を訪れるという、ちょっと慌ただだしい参拝であった。

それに比べると緑巡回バスはのんびりしている。何しろ大高駅に二回も停車するくらいだから。

大高駅を出て、さっき来た道を戻る。今度は東海道線ガードを逆にくぐり、次の停留所丸根に向かう。当然ここも二度目の停車だ。左手に見える、丸根砦があったはずの小高い山は、てっぺんまで住宅がひしめいている。家康が義元の討ち死にを知り、大高城から岡崎に逃げ戻った時、多分この道を疾走しただろう。この小高い山は、その時の家康の鬼のような形相も知っているにちがいない。

「この道、長寿寺の前の道だよ」

「うむ。砦前はどっちに行くんだ。南大高駅にまた行くのか」

「いや、砦前左折です。緑区役所のほうに行くんだ」

バスは砦前を左に折れ、大高緑地西の停留所に進む。そこで八十歳前後と思しき老婦人が一人で乗り込んできた。乗車口を踏みあがった時、杖が使えなくて、ちょっとよろめいたものの、ステンパイプにつかまって難なきを得た。はたから見ていると危なっかしいのに当の本人は、慌てる素振りは微塵もなく、さっさと優先席に落ち着いた。そして、白髪を右に捻り、大高緑地の敷地に立ち並んだ深緑色の木々を眺めた。目を射るような鮮やかな深緑色だ。

大高緑地は県営の広大な公園だ。国道一号線沿いの南側の丘陵地を切り開いた緑豊かな園内には、ボートに乗れる池をはじめ、ゴーカートコース、恐竜広場、キャンプ場、テニスコートなど様々な施設が整っている。母が元気なころ、それら施設の間隙を縫って、しょっちゅう二人で歩きまわったものだ。特に梅と桜の季節は美しい。

「公園も夏は人が少ないよ。今日みたいに三三度にもなるとね」

「野球場は別だろう」

「まあ、そうだろうな。少年野球の予選はここでやるんだ」

いつだったか、母と二人、高みを通る散策路から眺めた野球少年たちの姿を思い出す。初夏の暑さを吹き飛ばすような、力いっぱいの声が飛び交っていた。少年野球は夏だなあと得心はしたが、ここ数年の猛暑では、少年たちも気の毒である。

次のバス停、大高緑地西口を通過したバスは、急勾配の坂道にさしかかる。その手前の停留所でバスは止まった。亀原だ。子供の手を引く若いお母さんが乗車する。

亀原という地名が、妙に頭に絡まって、わたしは取り留めのないことを考えた。兎と亀の駆け比べ、兎はなぜ昼寝なんかしたのだろうか。幼いころ母に尋ねても、それは兎さんに聞いてみないとわからないね、と答えをはぐらかされた。その答えが今やっと見えてきたような気がする。そうだ、とわたしは思わず膝を叩いた。きっとそれは、一目散に走ってきた兎がふと気がつくと、見晴らしのいい小高い丘陵に美しい花々がいっぱい咲き乱れていて、兎はついうっとりその景色に見とれてしまい、やがて眠ってしまったということなのだ。その間に、亀はゆうゆうと兎を追い越して、先に行ってしまったのだ。その昼寝の地こそ亀原なんだと……。

バスは緑区役所で止まった。わたしたち以外の乗客がみんな降りると、入れ替わりに二人乗車してきた。二人とも父より十歳くらい若そうな老人たちだ。一人は背中に黒いリュックを背負い、後ろに続くもう一人は携帯電話を手にしている。

「緑警察、何回か来たよな」

区役所の真向かいに緑警察署がある。しばらく黙っていた父に話しかけると、

「つごう三回だな。婆さんの健脚ぶりをはじめて知ったな」

「警察に正式に捜索願いを出したのは、そんなもんか」

わたしはもっと警察の厄介になったような気がした。勝手に家を抜け出したのは、十回

以上にのぼるのは確かだ。

「あの頃の婆さんは体力がまだ十分あった。俺より丈夫だったかもしれんぞ。一緒に歩いとっても俺が追いつけんことが、しょっちゅうあった」

「どこに行きたかったんだろう。きっとどこか当てがあったんだろうと思うけど」

「育った家に帰りたいんだ、という人もおるが、俺は違うと思う。親をな、探しているんだ。父親と母親だ。心は子供に戻っているから、親が恋しいんだ。ところが、どこまで行っても見つからん。あの世におるんだから当たり前だ」

そう言われると、そうかもしれない、とわたしは思う。老いた父親の言葉に疑いをいだくいわれはない。年を重ね、やがて自分も自由に動けなくなる。その前に可能な限り動き回って、久しく会っていない両親を見つけ出し懐かしい話を心ゆくまでしたい。子供のころと同じように、屈託なく甘えたい。そう願って母は、方々歩き回っていたのだろうか。

老いた娘としては、納得のいく行動ではないだろうか。

バスが国道一号線の手前で停車する。平部《ひらぶ》南だ。停留所に若い男が一人いたが、運転手に何か尋ねたあと、結局乗車しなかった。

一号線を横切り、平部のバス停に停車すると、にぎやかな女子高生が三人、バスの中をにわかに波立たせる。鳴海高校の生徒だろう。周りをはばかることなくケラケラ笑うと、一層波が大きくうねる。

「鳴海駅に行くのか、このバス」

どうにか父の声が聞き取れた。ここまで来れば、普通なら鳴海駅に行くと考えるはずなのだが、

「行かないよ。潮見が丘まで直進です」

そうか……。父は落胆したようだ。

「鳴海球場は見られんのだな」

さらに声がか細くなった。

昭和の初め、熱烈な野球少年だった父。鳴海球場はあこがれの檜舞台だった。その球場跡に近い有松に引っ越したのが二十数年前。鳴海宿のある旧東海道を、父と母とわたし三人車で走る機会も多い。そんなある時、父から直接話を聞いたことがあった。日米野球観戦記とでもいうのだろうか、普通ならうろ覚えになってしまうような細部まで父は鮮やかに覚えているのだった。ベーブ・ルースやルー・ゲーリックの迫力、一点差で負け、地団太踏んで悔しがったゲームセット。日米野球観戦の感動と歓喜と興奮が、ありありと伝

わってきた。今は火が消えたように静まりかえる駅前商店街の賑わいをも懐かしがり、昨日のことのように話してくれたのだった。八十年以上も昔、戦争一色の息苦しい時代に沈んでゆく前夜、希望に胸膨らませた清々しい父の青春の一コマ。日米開戦など、つゆも心配していなかった幸せな少年たちの晩秋の一日。唯一無二と言っていい、少年時代の父の大切な思い出なのかもしれない。

「その時の大リーグ選手の中に、米軍のスパイがいたという人がいる。もうアメリカは戦争を考えていて、選手団にスパイを忍ばせていた。日本人はどうだったのかな、日米開戦の可能性……」

「西部劇で必ずインディアンが殺される。同じ東洋人として、不愉快だった。それは確かだが、映画は痛快だった」

「日本を仮想敵国と見ていたのかな」

しばらく考えた父は、

「見ていたんだろうな。今の中国やイランと同じように……。それくらい日本は底力があった。ちょうすいい、と、いったんだな。だからアメリカの筋書きに乗ってしまった。中国やイランも気をつけたほうが良いわな」

「しゃらくさい東洋人が、アメリカさんは気に入らなかったわけだ」

戦前の野球少年たちが憧れた鳴海球場は空襲を免れ、戦後も一時期野球グラウンドとして使われた。しかし中日球場や熱田球場、瑞穂球場が相次いで完成してのち使命を終えて野球場としての幕を下ろした。

変化は父の身にも訪れた。日本滅亡の危機を免れ、戦後復興から高度成長へと続く潮流に飲み込まれて野球どころではなかった。鳴海球場が名鉄自動車学校に装いを変えてしまっても、それは留めようのない時の流れの一コマであった。それでも父にとって幸運だったのは、観客席の大半が残存しているという事実だ。青春の過日を思い出す縁としては、これ以上のものはない。

バスは平部を出ると、曾根田、下焼田橋《しもやきたはし》と進んだ。待っている客は一人もいなかった。

「見たとこ商店街じゃないけれど、平部からここら辺りまでの両側は、いろんな店が並んでる。千客万来ってとこか」

「駐車場付きだな、おおかたは。ぶらぶら歩く客は見当たらん。千車万来だ」

「橋の手前に珍しい店を見つけた。運動具店。ほとんど見かけないよね、商店街の中の運動具店って」

「昔なら、運動用具は自分で作ったもんだが……」

「野球のグラブだね。布で作ったんだろうな……。でもスキーの板は無理だった。さすがの母さんでも、スキー板はできなくて、僕が高校二年生の時初めてスキー用具を買いに行ったんだ、二人で。その時、お袋が妙にはしゃいじゃって、知っている店があるから、すぐ行こうって言うんだ。意外だったよ」

「婆さんが、スキー用具店を知っていたとは、初耳だぞ」

父は本当に驚いたらしく、片目を丸くしてわたしの顔を見た。

「名古屋城の傍だった。おふくろが子供のころ通っていた大成小学校の近く。東別院からバスに乗って、大津橋で降りたよ」

「フーン。スキー用具専門店か……」

父の興味は一段と募ってくる。

「専門店だったかなあ……はっきり覚えていないけど、スキー用品があれば登山用品もあるんだろうな。リュックとか買ったことがあるんだろうか、そこで」

「フーン。そうかも知れんな。看板はあったのか。目立つ看板」

「いや、ない」

「今でも、店、あるのか」

「ある」

母がスキーの経験があるなんて聞いたことがない。十代は戦争の連続で、スキーどころではなかったはずだ。戦後にしたって復興過程の混乱の時代で、スキーや山に親しむ機会などなかったろう。だから、余計に謎めく過去だ。父もだんだんそういう気分になってきたらしく、六条のバス停でバスが止まると何故か黙ってしまった。

三人の女子高校生がそろって下車。車内はまたわたしたちと二人の老人だけになった。

「昔、瀬戸までリヤカーで往復した時、よくぶっ倒れなかったね、途中で」

「なんだ、突然……」

「いや、ちょっと……」

「若かったなあ、我ながら。まあ、敗戦直後の混乱でトラックが手に入らんのだから仕方なかったが……」

「瀬戸までだと、この潮見坂くらいの坂道はいくつもあるだろう」

六条から平坦路をちょっと走ったバスは潮見坂にさしかかる。亀原の坂ほどではないにしても徒歩で行けば、息のあがる勾配であるのは間違いない。

うむ……と唸ってから、遠い遠い記憶の断片に触れたかのように、また黙った。

潮見坂と言えば……。

そう切り出してから、再び父は言葉を飲み込むと、

「潮見坂と言えば……鳴海球場の前の道を真っ直ぐ行った先の坂だな」

「そう。市民病院の東側だよ。このバスの次の停留所が緑市民病院。坂の上の交差点を右折するはずだよ。桶狭間の合戦の時、信長もこの坂の上に立ったんだろうな。馬上、まなじりを決して今川方の布陣を一目瞭然にした時、信長には確かな勝算がわいたと思う」

信長の胸の高鳴りは、いかばかりであったろう。奮い立つ馬上の信長の姿が、目に見えるようだ。

「ここから桶狭間が見えるか……」

「見えるさ」

わたしは父の疑問をきっぱり否定した。

坂を上り切ったバスは、農協前の交差点を右に曲がった。

病院なら、降りなくていいのか、と言う父に、検査は市民病院ではなく大学病院だと、わたしは念を押す。自身の体の心配もあるだろうに、わたしのことを気にかけてくれてい

たのかと思うと、ちょっと胸が熱くなる。

市民病院停留所で、診療を終えたと思しき客たちが、バスにぞろぞろ乗り込んでくる。女性が三人、男性が二人。五人とも背筋がシャキッとして、足取りも確かなようで、どちらかと言えば元気な部類の病人のようだ。

しかし、一見矍鑠《かくしゃく》としていても、そのじつ病弱ということはままある。母は以前、家の中では頼りなげな歩き方をしていても、外に出た途端に足腰がしっかりしたものだ。他人の目を意識して、病を隠そうとする心理が働く。そんな意味でも、体は借り物という祖母の口癖は本当なのかも知れない。

そう言えば、と言って父がしゃべりはじめる。バスのエンジンが回転を上げる。

「むかーし、この道は白土街道と呼んでおったな、確か。幅の狭い未舗装のデコボコ道だった。何十年も昔のことだが」

「僕が子供のころ、星崎からこの辺まではすでに舗装されていたんじゃないかな。でこぼこ道にかわるのは、鴻仏目の先くらいからだったと思う」

「返せ北方領土、と書いた大きな立看板に見覚えがある」

「全国至るところにあったんじゃないの。田んぼや畑の真ん中に堂々と突っ立っていたんだから、機運が盛り上がっていたという証拠だね当時は。大学病院ができたのもその頃だよ」

「光陰矢の如しだな」

返せ北方領土の大書看板を探すように、父は首を捻って外を見る。わたしも父の動きにつられ、あるはずのない看板を探して窓の外に目を移す。看板の代わりに、プーチン大統領の顔が視界を掠めたような気がした。

緑高校、緑保健所と、客のいない停留所を二つ通過する。停留所名にみどりは付くが、熊野神社境内のほかに見るべき緑はない。しかもその間、夥《おびただ》しい数の看板が立ち並んでいて、千変万化の様相だ。しつこいようだが、どこかに、返せ北方領土の看板が隠れているような気さえしてくるから不思議だ。

「ほとんど見かけんな。近頃は……」

「ロシアは、戦利品は返さないとずっと言い続けている」

「約束破りで裏切りの参戦だった。シベリア抑留だって国際法違反なんだが……」

父の友人が一人、シベリアで亡くなっている。〈上を向いて歩こう〉以外、歌にはまったく関心のない父が、〈異国の丘〉がテレビから流れた途端、うつむき加減になって目頭をぬぐっていた姿をわたしは忘れられない。

自動車の通行量は多いけど、歩いている人はまったくいない。郊外を走る幹線道路に共通の現象らしい。暑さのせいもあるけれど、人がみんな忙しくなっていることが原因だ。のんびり歩いてなんかいられない、という焦りは今に限らず古代からあった。だから馬、かご、自転車、自動車と人の動き方は段々速くなる。一体どこまで速くなるのか、空恐ろしくなる。

「さっき農協があった。市民病院バス停の角。立派な農協はあるんだけど、田んぼや畑がない。緑区なのに緑がない。農協の仕事も変わったんだろうな」

畑や田んぼと言えば……。父は農協の話題には触れず、

「昔の中日球場の周りにも田んぼや畑があったことを、お前は覚えとるか。空襲で焼け野原にされた後のことだ」

また野球の話に戻った。うんざりしてもいいのだが、こちらも嫌いなわけでもないので、つい誘いにのってしまう。

「そうだった。小学生の頃だから、昭和三十年頃かな。蛙の鳴き声がやかましいくらいだった。ザリガニもいっぱいいいた」

「そうだったな」

満足感に満ちた父の声。ドラゴンズとタイガースのダブルヘッダーを見終わってから、二人家まで歩いて帰ったあの夜。負け試合の悔しさが先に立って、わたしたちはあんまり口を利かなかった。田んぼの際で鳴く蛙の鳴き声が二人を慰めているのか、からかっているのか、訳のわからぬうちに家に着いた記憶がある。

「次の停留所が、緑スポーツセンター。野球は無理だけど、水泳とか、筋力トレーニングとか、エアロビクスとか、今はやりの運動ができる市営の施設だよ」

「洒落た名前の運動、俺はわからんが、利用者はみんな車で来るんだろう。わざわざ車で体育館に来て、汗を流すのか。毎日の暮らしの中で、いくらでも汗を流す機会があったんだ、昔はな、昔はな」

昔はな……、うむ、おっしゃるとおり。父の発言に逆らえない。つい最近まで日々の生活は力仕事の連続だった。まき割り、洗濯、掃除どれをとっても体力が要求される。

「夏はいやでも汗まみれになった、昔の生活は。六十年くらい前のあの日、忘れられないのが母さんの汗だよ。昭和三十四年の伊勢湾台風の時、玄関の戸が暴風で吹き飛ばされそうになって、そいつを母さんが一生懸命引っ張って引っ張って、全力で持ちこたえたんだ。僕たち兄妹はただおろおろしている。ばあちゃんは一心に仏壇にお経をあげているだけ。孤軍奮闘で母さんは汗だくだった。九月の終わりだというのにだよ」

「俺が吹っ飛ばされたトタン屋根を直していた時だな」

「父さんが外から板を打ち付けてくれるまで、二十分くらいはあった。よく頑張ったよ、母ちゃん」

「婆さんも必死の覚悟でがんばったんだなあ……。戦後あわてて建てた家で、安普請だったから気が気じゃなかった。それと、補強の板を打ったのは俺ではない。新築を見回りに来てくれた大工の棟梁だ。ほんとにお前は勘違いが多いぞ、しっかりせんか」

父に叱られるのは久しぶりのことで、わたしはちょっと嬉しくなった。

「太平洋戦争。その戦時中に起きた三河の大地震。戦後は十四年たって伊勢湾台風。文字どおり大地がひっくりかえるような時代を俺と婆さんはあの町で生きた。もともと別院の敷地はな、信秀が古渡《ふるわたり》城を造ったとこなんだから、洪水の心配など全然ない安全な場所なんだ。それなのに矢継ぎ早に災難がやってきた。命にかかわるような深刻な災難だ、どれもこれも」

「信長の父親がいいところを選んだ。息子のあそび場としても、申し分なかったんだろうけど、「三百五十年もたってから、命にかかわる災禍がたて続けに襲うとは思ってもいなかったろうな」

だからあなたは引っ越したのか？と問いただしてみたい気にもなるが、そいつはいくぶんお門違いのような気がする。

緑スポーツセンターを通過したバスは、三〇二号線の交差点で止まる。視線を上げれば名古屋高速の環状線を仰ぎ見る。

高速を利用したことはない。しかし下の三〇二号線は、父と母を車に乗せて自宅から我が家の墓所のある平和公園まで、毎月一度は通った道だ。車でしか行けない墓参に、三人で不平不満を語りつつ、四十分前後の道のりをしのいだものだ。

お墓で母が駐車した車から出られなくなったのは、ここ二年くらい前からだ。ほとんど寝たきりになってしまった母は、車椅子でしか移動ができない。階段や段差ばかりの集合墓地で、車椅子を使うのは無理であった。

認知症のない父は、わたしと一緒に墓石まで歩いて行き、いつもどおり先祖の霊に手を合わせた。若い時と同じようにと言いたいが、いつの頃からか、杖が手放せなくなっていて、近頃は転ばぬ先の杖も、いささか心許ない状態であった。

「さきがた、交差点の看板に、相原郷《あいばらごう》と書いてあったな。絞り染めの藍《アイ》を育てた土地だ」

「緑保健所の停留所のとこだろう。相原郷の交差点なんだ、あすこは。ちょっと、懐かしい地名だね。この辺だと、次の停留所も鴻仏目《こうぶつめ》という古風な名前なんだ」

「どんなとこにも、何となく心に残る地名というものがある。伊勢山の家の周りにも古渡町、裏門前町、流《ながれ》町、富士見町、いくつもあるな」

「心に残るというか、名前を聞いただけで、町の歴史がわかるような地名だね」

鴻仏目の停留所で病院帰りの客が降り、入れ替わりに二人が乗ってきた。母親と、中学生くらいの男の子だ。まだ夏休みでもないのに……。わたしはちょっといぶかしく思う。

鴻仏目を過ぎると、進行方向左側に広大な敷地を誇る中古車展示場がある。南向きのなだらかな斜面を埋め尽くす色とりどりの自動車が、バスの窓ガラスに飛び込んでくる。すると一瞬目がくらむ。バスの中の自分も、咄嗟に車に化身したような気分だ。

「車のない時とはいえ、瀬戸までリヤカーで往復するなんて人間業とは思えない。人間の底力ってのは凄いという気がする」

「またその話か。みんなが車を持っておらんのだから、たいへんとか、けなるいなんてことはない。なにがなんでも、という切羽詰まった思いもない。ただまあ、やらんことには、だちかんってとこだ」

「今じゃ皆目見当がつかないね。車の走っていない町なんて」

「トヨタが大きくなった。戦後のいっとき危ない時期もあったが、どうにか乗り切って息を吹き返した。そのあとは、まあ順調と言っていい。滅亡の危機を耐えて、なんとか生き延びた俺たちの世代は、思えばトヨタとともに生きた世代だな」

途切れることなく疾走する自動車の流れ。

中古車売り場を埋め尽くす車の群れ。潮見坂上から鴻仏目に至る走路の途中、歩道を歩く人はただの一人もいなかった。歩く人は見当たらないけれども、動く車の中には必ず人がいる。自らの力で無理なら、機械の力を借りてまで動こうとする。人ってものはよくよくじっとしていられないものだと感心する。

バスが篭山西の停留所に止まる。老人が一人乗車する。杖もなく、安定した足取りの女性は八十歳くらいだろうか。運転手の真後ろの席に落ち着いた。また乗客七人になった。

「そういえば、百歳の双子のきんさんとぎんさん。どちらかがこの篭山に住んでいたらしいよ」

「妹のぎんさんだ。篭山じゃない。鹿山だぞ。お前は勘違いが多すぎる……」

呆れたと言わんばかりの父の言い方。まあ、それもそうかと得心して、ちょっと反省しかけていると、

「鹿山というのはな、新海池のそばだ。鳴海製陶の南のほうだ。起伏に富んだ地形なんだ、あのあたりは」

九十五歳にしては頭脳明晰な父に、わたしは安堵した。いつだったか、夜中に蒲団を出していたことがある。わたしがびっくりして飛んで行き、蒲団干しは昼間にしようか、というと、うむ、そうかと言って素直に聞き分けてくれた。認知症を心配したのは後にも先にもそのときだけだ。父の認知症より、勘違いの多すぎる自分のほうが心配になる。

「母さんの認知症、良くならないね。進んでるともいえないけど、良くなっているとも思えない」

「……生きていりゃいいんだ」

有無を言わせぬ父の言葉。父から慰めの言葉を引き出そうとした自分が、わたしは恥ずかしくなった。

篭山西、篭山と、篭山の麓らしき平坦路を走ったバスは、平手の停留所に止まる。白土街道が拡張される前、この交差点の東南角に鉄骨造りの火の見櫓があった。背の高い建物

が全く周囲にないのだから、この火の見櫓の見晴らしはすこぶるいいのだろうと思ったものだが、いつの間にか消えて無くなった。土地の様相が激変し、周囲には、ビルやマンションが建ち並んでいるのだから、火の見櫓はとうに役目を終えたのだろう。

平手の交差点を右折してからバスは平手の旧バス停を素通りする。

「おい、この道は新しい道か」

と、父が訊ねる。

「そうだな……」

と返事して、昔は大学病院に通じる道の両側に、これほどいっぱい家はなかった、と独り言をポツリ。おまけに、ほとんどの建物が真新しいピカピカの新築ばかりだ。

「住宅地に変わったな。竹藪と空き地ばっかりだったと記憶するんだが……」

「十年一昔というやつか。人口減少といっても、住宅は増える一方だ。この辺は特に新開地だから、みんな、新しいなあ」

「まったくだ……」父の実感がこもる。

「新築といえば、伊勢山町の家は伊勢湾台風の年だったね。建前の前だったかな、後だったかな、台風は」

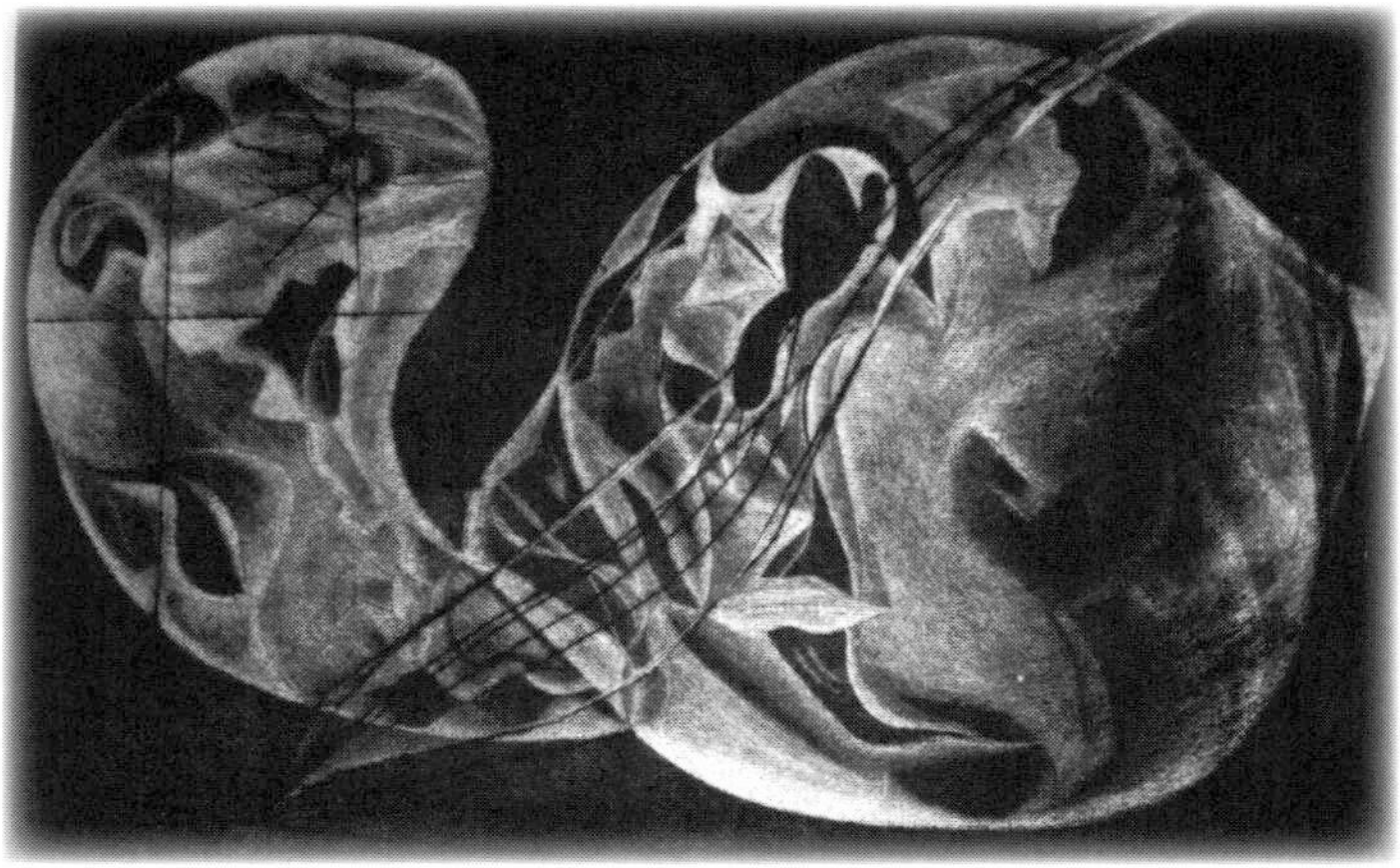

「前だろう。台風の強風で骨組みがわずかに傾いた。修正作業をやったわな」

「隣で建てかけだった家は倒れた。我が家は母さんの祈りが通じたのかな。倒壊は免れた」

「棟梁が強風の真っ只中に来てくれて、立てかけの柱の補強をしてくれた。そのおかげで、我が家は助かったが、棟梁の家はひどくやられた。港のほうは高潮に襲われて、五千人もの人が亡くなった。婆さんが申し訳ない、申し訳ないと言って、気に病むというか感謝するというか、まあ複雑な心境だったに違いない」

「その分、母さんはあの家を大事にしたんだ。ほんとうに、毎日毎日床や建具を磨いていた。建具は、小学校の僕の同級生のやっちゃんのおじさんが作ってくれたから、僕も母さんに感謝したかった」

「家と子供の世話は婆さんに任せきりだった。それが女の役割だった。特にお前たち子供のことには腐心していた」

「手こずっていたと言ったほうがいいのかな、僕には」

「一生懸命だった。真っ当な人間にならないと、自分の生きる瀬がないとまで言っていた。母親はそこまで責任を感じるんだな」

その頃、小学生だったわたしに母の思いなど察せられるわけもなく、わたしの目にはもっぱら新しい家を大事にする人に映った。

家の完成後何カ月もの間、わたしが学校から帰ると、きまって床と建具磨きに精を出す母の姿があった。何遍磨いたら気が済むの、と訊ねると、わたしの気が済むまでよと言って、手を休めようともしない。そうした母の一心不乱の行動が、母の祈りを家中に浸み込ませた。だから六十年たった今でも、しかも、息子の名前さえ忘れてしまった認知症の状態であっても、自分の家はわかるのだ。玄関の前で立ち止まり、うちだねー……と母に声をかけると、母はいつもにこっと微笑んで、わかっているよと答えてくれる。

そんな若いころの母に訳もなく感心しながら、窓の外を行く建物を見ていると、バスはゆっくり水広橋《みずひろ》の停留所に止まった。若い娘が一人乗車する。服装は落ち着いたベージュのワンピース。髪型はスッキリとしたポニーテール。病院に勤める看護師だと、わたしはピーンときた。

それはもう五年も前のことだ。母が五度目の行方不明になった。蝉が大合唱に勤しむ真夏の昼下がり、郵便局に出かけた父と、二階のエアコンのフィルター掃除をしていたわたしの隙をついて、母は一人外に出た。

郵便局から戻った父が二階に来て、婆さんどうした、と訊いてくる。下にいるだろうと言うと、おらんから聞いとる、と憮然とした様子だ。わたしは咄嗟にすべてを理解して、父に留守番を頼んで、母を探しに自転車で外に出た。四方に延びる周囲の道をもれなく探したものの見つからず、車を走らせて、それらの道を更に遠くまで探したが見つけられなかった。その時点でわたしは警察署に行き、捜索願いを出した。

あんまり動き回らず、家にいてくださいよと釘を刺されたので、わたしは家に戻ってから外出はしなかった。すると、一時間もしないうちに、警察の担当者から電話があった。母は病院にいるという。大学病院の受付で保護されているというのだ。わたしの慌ただしい動悸は急速に収まった。そして間を置かず一人車で病院に向かった。

慣れない大学病院。ちょっと逡巡するところもあったけれど、受付で母を見つけたときは、思わず体全体の力が抜けて、崩れ落ちそうになった。

「バスの終点まで、乗っていらしたんですね」

にこにこしながら、受付の女性が母に話しかけると、

「しゅうてん？……」

と、問いかけるような、確かめるような言い方をする。普段は失語症もあって全然口を

きかない母が言葉を発したことにわたしは戸惑う。女どうしの安心感からか……。

「当院の看護師が三つほど手前のバス停から乗車いたしまして、その時乗車口の近くに座っていらしたお母様を見て、この方は放っておけないと直感したそうです。後ろの座席に座って見守ってゆこうと決めて乗っていると、終点のここまで来てしまったそうです。ちょうど、勤め先と同じだったので、お母様を促して、この受付まで案内してくれたのです」

そこまで聞いて、今回も母は幸運に恵まれたとわたしは思った。そして、

「その方に、一言お礼を言いたいんですけれど」と言うと、

「すでに勤務に就いておりますので、それはお控えください」

丁寧に断られた。


「このバス、母さんも乗ったことがあるんだよ」

父を驚かせようと思ったけど、

「五年前だろう」

「そうだよ。さすがだ」

「高根の停留所で時刻表を見たとき、何もかも合点がいった」

「おんなじだよ、僕も。下調べで高根の停留所に行った時、強烈にひらめいたんだ。あの時、母さんはこのバスに乗ったんだと」

わたしと父の隙をついて家を出た母は、路地を西に向かい、表通りに出る。東西に走る旧東海道でなく、南北の桶狭間の坂道を選んだことが、母を緑巡回バスに導いたのだ。偶然高根のバス停に差し掛かった母。その時ちょうど、乗降客のために停車していたバス。母は吸い込まれるように緑巡回バスに乗ってしまった。運転手さんも人の善い人で、敢えて敬老パスの提示を求めなかった。何もかもそうなることが決まっていたかのように時は刻まれ、家を出てからバスに乗るまで五、六分しかかかっていない。わたしが母を探しに自転車にまたがった時、すでに母はバスの中だったのだ。

わたしに癌がなければ、そしてわたしが大学病院を受診しなければ、そしてこのバスを利用することがなければ、五年前のあの母の行動は、いまだに謎のままだったに違いない。

大清水から諸ノ木口と停留所が進む。だだっ広い駐車場付きの大型店舗がいくつもあって、新開地のこじゃれた町の中を我々は走っている。

しかし諸ノ木口から先は、道路の両側に空き地が散見されるようになった。町の佇まいも心なしか落ち着いて、旧道に戻ったことが見てとれる。諸の木口で、スーパーの買い物袋を下げた中年女性が乗ってくる。目的の買い物を終えた彼女は、次の停留所諸の木で降りた。真夏の暑さのせいで、バスの一駅すら歩くのが辛いのだ。

「買い物は便利だったね、伊勢山町。少なくとも、バスを使うことなんかなかった」

「この頃、市場や商店が消えたな、あの町も。家の裏に乾物屋があった。寺の向かいにたまり屋があった。米屋と肉屋も近かった。町内で食べ物の大半がまわしてきた。昔はな……」

「僕の子どもの頃だよね」

「その頃もそうだし、戦前の俺が子供の時分もそうだった」

父は心なしか感傷的になっている。

「戦争で焼け野原になった時を別にしたら、伊勢山町からほとんどの店が消えたのは、歴史上初めてのことだろうな」

「……考えようによっては恐ろしいね。七十数年前、国始まって以来の敗北と破壊と荒廃に見舞われたんだよね、日本は。特に都市部はひどかったんだろう、あんまり父さんから聞いたことなかったけれど……」

「昨日まで暮らしていた家が、朝には空襲で燃えてなくなっていたんだ。顔見知りの人たちの何人かも、被弾や焼死でもって生命を落とした。そして、名古屋城も消えたし、家々というか、町がそっくりなくなってしまった。お城から始まって、大須の観音様も、御坊さまも、熱田さんも、名古屋の北から南まですべて焼き尽くされた」

名古屋の背骨、熱田台地が焼け野原と化して大半の家が消えた。恐ろしい光景が、父にはずっと見えていたのだ、とわたしは思う。防空壕に逃げ込んで、辛うじて命拾いした父たちも、生活に要るものを売ってくれる商店や市場がないのにはさぞかし困ったことだろう。そして、驚くべきことに戦後七十数年経った今、同じような買い物困難が、現代の伊勢山町で起きていたという事実だ。

「買い物の帰りが遅いので迎えに行くと、母ちゃん、おまけ交渉の真っ最中なんだ。そんなことが何回もあった」

「楽しみだったんだなあ……」

「値切り交渉って面倒くさいんだ。だけど、そのやり取りが楽しい。確かに母さんは楽しそうだった」

諸ノ木を出て間もなく、バスは小さな橋を渡る。愛知用水にかかる小さな橋だ。ここまで来ると大学病院はもう近い。

愛知用水と大学病院……、木曽川の水を知多半島に送って、水不足に苦しむ人たちに救いの手を差し延べる愛知用水。戦後の一大事業だった。大きな河川のない知多半島の人々を水の心配から解放して、心の平安をもたらした。日々の生活を穏やかに送れるようになる。その意味では、大学病院も似通っているとわたしは思う。特に、年齢を重ねて人生の終盤にさしかかると、頼りになる医療機関が近くにあるということは、日々の生活に精神的平穏をもたらす。水が豊かにあるごとく。

初めて父と二人で乗った緑巡回バス。記憶の川を遡上したり、時には停泊したり、思いに任せて父との会話を楽しんだ。この穏やかで懐かしい時間が、いつまでも続いてほしいと願ってみても、それは叶わぬことだ。バスが終点に着いたら、わたしは癌の検査のために降りなければならない。間もなく七十歳に手が届こうかという年寄りのわたしが、もっと年嵩の父に、付き添ってくれよとは図々しくて言えまい。

大学正門前の信号を右折すると、バスは天を突くようなアメリカ杉の並木道に入った。右側の杉木立の向こうに見えるのは、アメリカンフットボールのグラウンドだろうか。大学の構内らしくなってきたなと思っていると、あっという間に病棟の白壁が並木道の先から視界を埋め尽くす。

病気を克服するために訪れた病院なのに、目に映る病院の建物は心の動揺を煽るばかりだ。これも寄る年波のせいだろうか。

玄関前のロータリーを半円状に回り込んでバスはスピードを緩めた。停止したバスから真っ先に降りたのは、ベージュのワンピースだった。次に母と子、そして男性が二人。わたしたちは最後になった。

「一緒に、ついて行こうか」

杖を止めて父が聞く。

「いいよ、一人で。それより、このバスでとんぼ返りなんだろう。二十分もすりゃあ出るから、遅れんように。頼むよ」

「わかっとる」

「それと、降りるバス停、間違えんようにね。南大高駅南だぞ。生協病院の大きな看板が出てたからわかるだろう」

「わかっとる。そっちこそしっかりしろ。俺の脳腫瘍も七十歳だった。こうして立派に生きておる。気落ちせずに、俺という生きる証を思え」

父は言葉に力を込めた。

わたしたちは揃って玄関を通った。父は初めてだが、わたしは母を迎えに来た時以来二度目になる。しかしまさか、自身の癌検査のために再び訪れようとは、思ってもみなかった。禍福あざなえる縄のごとし……訳もなく、そんな諺《ことわざ》が浮かんでくる。

杖をついて歩く父が先に行く、わたしが後に続く。コツンコツンと杖を進める父の肩ごしにわたしは声をかける。

「もうこのへんでいいよ。検査室は別だから」

「わかった。用でも足してから、戻るとしよう」

そう言って、口元で微笑んだ。

父と別れ、外来患者でごった返す内科病棟を過ぎる。そしてさらに奥にある検査室に向かっている時、わたしは不意に立ち止まった。後ろを歩く女性が、たたらを踏むようになんとか歩みを止めた。女性が御免なさいと言い、わたしも御免なさいと謝った。女性は先に行き、わたしは立ち止まったままだ。

検査室の方から歩いてくる人に、わたしは目を奪われた。

左目に眼帯をつけ、右手に杖を持った老人が歩いてくる。コンコンと床を突く音が廊下に響き、わたしはじっと動けぬままだ。瞬きを繰り返し、目の曇りを払っても、その人をしかと見定められない。見定められないけれど、しかし、そのおぼろげな姿かたちは父のように思えてならない。だがそれはあるはずのないことなのだ。何故なら父は二年前すでに亡くなっているのだから。南大高駅近くの病院で。

［著者略歴］

大島誠一

1949年（昭和24年）名古屋市に生まれる。大学中退後、版画・絵画製作を続けている。日動画廊グランプリ展入選を経て、名古屋市民ギャラリー他で個展多数。作品は抽象具象分け隔てなく、自由な創作意欲による。

創作活動の土台は、あらゆる分野に通底するとの考えのもと、70歳にて文筆活動をはじめる。

装画・大島誠一

装幀・澤口 環

緑巡回

2020 年 11 月 20 日　第 1 刷発行　（定価はカバーに表示してあります）

著　者　大島　誠一

発行者　山口　章

発行所　名古屋市中区大須 1-16-29
振替 00880-5-5616 電話 052-218-7808　風媒社
http://www.fubaisha.com/

＊印刷・製本／モリモト印刷

乱丁本・落丁本はお取り替えいたします。

ISBN978-4-8331-5382-9